威 尔 斯 科 幻 小 说 集

H. G. WELLS

[英]H.G.威尔斯/著 唐岫敏/译

THE ISLAND OF DR. MOREAU

莫罗博士岛

U0810114

大连理工大学出版社
Dalian University of Technology Press

图书在版编目（CIP）数据

莫罗博士岛 /（英）赫伯特·乔治·威尔斯（H.G.Wells）著；唐岫敏译. — 大连：大连理工大学出版社，2018.9（2020.4重印）
（重读经典·科幻大师作品集 / 许钧，吴文智主编. 威尔斯科幻小说集）
ISBN 978-7-5685-1442-2

Ⅰ.①莫… Ⅱ.①赫… ②唐… Ⅲ.①科学幻想小说－英国－现代 Ⅳ.①I561.45

中国版本图书馆CIP数据核字（2018）第098908号

莫罗博士岛
MOLUO BOSHI DAO

大连理工大学出版社出版
地址：大连市软件园路80号　　邮政编码：116023
发行：0411-84708842　邮购：0411-84708943　传真：0411-84701466
E-mail:dutp@dutp.cn　　URL:http://dutp.dlut.edu.cn
保定市正大印刷有限公司印刷　　大连理工大学出版社发行

幅面尺寸：130mm×185mm　印张：6.375　字数：123千字
2018年9月第1版　　2020年4月第2次印刷

责任编辑：于建辉　田中原　　责任校对：李宏艳
封面设计：奇景创意

ISBN 978-7-5685-1442-2　　定价：25.00元

目录

生命因阅读经典更精彩

——《重读经典·科幻大师作品集》序

记得在三年前，有几位记者朋友来我家，说要看我的藏书。我和他们说，我的书不是拿来藏的，是用来读的。书架是开敞式的，架上的每一本书都像我的朋友，我都触摸过，阅读过，与之交流过，大部分书上还留下了我写下的或长或短的心得与体会。我喜欢读哲学，因为哲学探究人何以为人；我也喜欢读历史，因为历史阐明人何以成其为人；我更喜欢读文学，因为文学给人启迪，指明人何以丰富人生。昆德拉在《不能承受的生命之轻》中有一句话，说人生“没有草图”。无论精彩与否，人生都只有一次，不能重来。那么，如何了解人生，领悟人生，创造人生，让有限的人生活出无限的精彩呢？

回望走过的人生之路，我发现自己命中与书有缘：读书，教书，译书，编书，写书，评书。人生之精彩，各有各的理解与领悟，况且在技术高度发展的今天，人生在现实世界与虚拟世界中仿佛拥有了丰富的双重性，导向了无限的疆域。我的生命之花的确因书而绽放。我爱书，尤其爱经典。经典不应该是供奉在殿堂里的“圣经”，而应在阅读、理解与阐释中敞开生命之源。经典是读出来的，常读常新，在阅读与阐释中生成永恒的生命之流。

因为爱经典，所以我读经典，译经典。我译过雨果的《海上劳工》，巴尔扎克的《贝姨》与《邦斯舅舅》，参加翻译过普鲁斯特的《追忆似水年华》，还翻译过已然成为经典的当代作家昆德拉的《不能承受的生命之轻》与诺贝尔奖得主勒·克莱齐奥的《沙漠》与《诉讼笔录》。我还组织翻译“法国文学经典译丛”，主编法国浪漫主义大师《夏多布里昂精选集》以及已经进入法国文学殿堂的著名作家杜拉斯十五卷本的《杜拉斯文集》。在经典的阅读与翻译中，我得到了双重收获：一是经典滋养着我的人生；二是通过我的翻译与阐释，也在参与经典的创造。为此，我说过一句话：阅读参与创造，翻译成就经典。

正是基于这样的认识，我和老朋友吴文智先生经过多次交流，商定依托我主持的中华译学馆，组织全国优秀的翻译力量，译介一套《科幻大师作品集》，向广大读者倾心推荐威尔斯、凡尔纳、阿西莫夫等科幻文学大家的作品，一起重读科幻文学经典，让科学与幻想互动，拓展我们的想象世界，丰富我们的现实人生。有学者评论说：“科幻历来有两大经典主题，一为星际旅行，一为生命智能。前者以宇宙为舞台，拓展人类生存空间的广度；后者以人为核心，探索生命自身生存的意义。”循着这两大主线，我们也许可以更好地把握科幻文学的发展脉络，但在不同的科幻大师的笔下，会呈现出异样的精彩与深刻。我一直觉得，只要人类有梦想，文学就不会死。重读科幻文学经典，放飞想象，拓展生命的空间，相信你的人生会闪现出属于你的精彩光芒。

许 钧

2018 年春

现代科幻文学的奠基者
——赫伯特·乔治·威尔斯

自1818年《弗兰肯斯坦》[1]问世以来，科幻文学已经整整走过了200个年头。200年来，科幻文学从由浪漫主义催生的科学传奇逐步转变为由现实主义启发的现代科幻文学。作为将科幻文学由浪漫主义过渡至现实主义的一代大师，赫伯特·乔治·威尔斯自创作以来便在其别具一格的作品中融入对社会与科学的深刻思考，因而无论是在主流文学领域还是在科幻文学领域，都有着令人惊叹的成就与地位。在主流文学领域，威尔斯曾先后四次获得诺贝尔文学奖提名，与阿诺德·贝内特、约翰·高尔斯华绥并称作“20世纪英国现实主义文学三杰”。在科幻文学领域，威尔

1 1818年，英国作家玛丽·雪莱出版了《弗兰肯斯坦》，该书被誉为第一部科幻小说。

斯被称为“科幻小说界的莎士比亚”，与儒勒·凡尔纳并称作“科幻大师中最闪亮的双子星”。

一

走进威尔斯

1866年9月21日，威尔斯出生于伦敦城外东南部的肯特郡。父亲约瑟夫是一位园丁，同时也是一名职业板球手，后靠经营一家小店为生；母亲莎拉是一家名为“上花园”宅邸里贵妇人的女佣。父母低微的社会地位和童年清贫的生活使威尔斯深切体会到底层社会的艰辛。

7岁那年，威尔斯意外跌断了胫骨。在养病期间，他在酷爱阅读的父亲的影响下养成了阅读的习惯。同年，威尔斯进入小学学习，阅读的兴趣伴随着他进入接下来的学生时代。10岁时他开始对写小说、画插画产生了浓厚的兴趣。

1877年，他的父亲在一次意外事故中成了跛子。这次事故产生的高额医药费使一家人的生活变得愈发艰难，家庭的收入越来越不足以支付孩子们的读书费用。两年后，13岁的威尔斯便早早进入社会谋生。

1880—1881年，威尔斯先后做过布店伙计、药店学徒、信差和小学助教，但都没做多久就被辞退。被辞退后，威尔斯便来“上花园”投靠母亲。而他就是利用在“上花园”这短短的接触上层社会的时间，琢磨出了使用望远镜观测天体的方法，并通过宅邸丰富的藏书，阅读了诸如伏尔泰的散文、斯威夫特的《格列佛游记》以及柏拉图的《理想国》等对其后来思想及文学创作具有启发作用的名家名著。在这期间，威尔斯还接受了不系统的教育，在一所中学寄读，以高于同龄人的禀赋学习了各种基础科学知识。

1883 年，在最后一次做学徒后没多久，威尔斯想重回校园当助教。他曾经寄读的那所中学的校长很欣赏威尔斯，主动给他提供了职位。在当助教期间，威尔斯既是教员又是学生。在校长的热心协助下，他仅仅用了两年时间，便修习了文学、数学、地质学、无机化学、物理学、天文学、人类生理学、植物生理学等学科，不但通过了考试，还获得了奖学金。

就在优异的成绩换来奖学金的回报时，英国教育部门下发了一则通告：集合各地科学教员，统一组织到科学师范学校（后来的英国皇家科学院）的“教师训练班”进行培训，以提高其素质。当时这所学校恰好有一定的免费生名额，且每人每星期还能得到生活补助。对于一直在贫困中挣扎的威尔斯来说，这是一次从底层社会翻身的契机。

1884 年，18 岁的威尔斯顺利进入科学师范学校学习。这一年最令他兴奋的是他的生物学教师由大名鼎鼎的“达尔文斗士”托马斯 · 赫胥黎担任。在自传中，威尔斯曾饱含钦佩地回忆道：

“他用一种清晰而坚定的声音讲解着，不慌不忙，也不踌躇，不时转身在后边黑板上画些图解。在他继续讲之前，常常要把手指间的粉笔灰拂得干干净净，他是颇有洁癖的……由赫胥黎任教的生物学课程，在性质上是纯粹而精确地属于科学的。他除了充实、研究、完成在他范围内的知识以外，没有其他（如经济利益上的）目的……”[1]

然而，之后两年所修的物理学、地质学课程，由于教师授课的枯燥乏味，威尔斯的学习热情消耗殆尽，他将这种热情逐步转移到了创作上。在一次学生辩论会上，威尔斯偶然听到一个关于四维时空的宇宙理论的新观念，这对于当时的物理学宇宙观可谓一种新见解。他把握住了这种思想，在将其作为《时间机器》的理论设定基础之前，尝试着写了一篇题为《刚性宇宙》的思辨性论文。在大学期间，他还创办并主编了名为《科学学派杂志》的刊物。在 1887 年的学年测验中，他因地质学成绩不及格，没能在当年拿到学位，只好放弃学业回去教书。在教书期间，威尔斯曾试图锻炼瘦弱的身体，却伤病不断。他在一次足球比赛中遭到撞击，导致肾破碎和肺出血，被迫辞去了教职。在接下来的一段时间，威尔斯静心休养，并全身心投入写作。

1888 年，受纳撒尼尔·霍桑的作品《红字》的影响，威尔斯在《科学学派杂志》上连载了一部名为《时空长河中的寻金羊毛者》的小说，这就是他的成名作《时间机器》的前身。

1　H.G.Wells. 韦尔斯自传 . 方土人，林淡秋，译 . 上海：光明书局，1933.

1890年，威尔斯通过了伦敦大学的考试，被授予理学学士学位。随后，他开始在大学函授学院教书，并尝试着给期刊与报纸投稿。他的《独特之物的重新发现》一文很快经由一个名叫弗兰克·赫里斯的编辑发表到了《半月评》上。威尔斯深受鼓舞，于是乘胜追击，将《刚性宇宙》一文寄出，并很快被赫里斯主动约见。赫里斯言辞激烈地表达了对《刚性宇宙》所涉及的四维时空理论的费解，并将论文底稿就此销毁。直到1894年，当赫里斯成为《星期六评论》主编后才回忆起那篇稿件的价值，又悔不当初地向威尔斯约稿，并使其成为期刊的长期撰稿人之一。

这一阶段的威尔斯除了教师的身份外，还成了伦敦的一名记者。他担任的是类似今天公共知识分子的角色，对各领域的问题发表看法，甚至对通灵术也有见解。[1]可以感受到的是，那时的他力图通过独到的理解力将科学知识加以通俗化表达，通过敏锐的察觉将社会问题予以深刻化呈现。

1893年起，在做新闻记者的同时，威尔斯开始在伦敦各类刊物上发表短篇小说、评论以及各类主题的文章。这一年，威尔斯在工作的压力下又一次咳血，不得不在病床上休养数周。他最终决定放弃教学工作，专攻写作。

1895年，威尔斯开始在《新评论》上连载《时间机器》，并于同年结集出版。《时间机器》为威尔斯赢得了巨大的声誉，他也以此为起点，创作出了一系列脍炙人口的科幻小说。

---

1 江晓原．科学外史Ⅱ．上海：复旦大学出版社，2014.

威尔斯十分关注社会问题，并于1903年受邀加入费边社，参与英国的社会主义改良运动，与萧伯纳等人结为好友。但最终因政见分歧而分道扬镳。

在第一次世界大战期间，威尔斯参与了国际联盟活动，前往各国访问并宣扬"世界国"理念，他的采访文章常常引起世界性的轰动。在第一次世界大战后，威尔斯用一年时间编写出了100多万字的《世界史纲》，这部历史著作一经问世，便使威尔斯名气大增，它的销量无论在当时还是在以后的数十年都位列前茅。[1]

诚如布赖恩·奥尔迪斯[2]所言："到了30年代，小说家威尔斯让位于世界名人威尔斯。他成了一个大名人，忙于规划一个更好的世界。他同高尔基交谈，与乔治·萧伯纳斗嘴，飞往白宫与罗斯福会谈，或者飞往克林姆林宫与斯大林会谈。"

1939年，73岁的威尔斯给自己写了一句简短的墓志铭："上帝将要毁灭人类——我警告过你们。"这句墓志铭深刻地反映了他对人类未来、科学未来的关注和担忧，也表明他的科幻小说具有警示灾难的意义。

即便是到了将要踏上人生归途时，威尔斯仍旧热心于公共事务。1946年8月13日，威尔斯在伦敦病逝，享年79岁。

个人之于宇宙犹如一粟之于沧海。威尔斯知道，无论走访多少国家，途经多少城市，结交多少名人，其所能带来的影响、留

1 赫伯特·乔治·威尔斯.世界史纲.吴文藻，冰心，费孝通，译.南京：译林出版社，2015.

2 布赖恩·奥尔迪斯（1925—2017），英国著名科幻作家。

下的印迹与书籍传播的力量相比都将是微不足道的。书籍作为那个时代的最佳思想载体，有着无可比拟的延展性，而思想对于人类塑造文明、改变周遭环境的启迪无疑引领着我们一路走到了今天。

二

解读威尔斯

在威尔斯所处的时代，第二次工业革命如火如荼，社会生产力突飞猛进，划时代发明目不暇接，引发了人类社会各方面的空前变革。在科学技术和生产力发展的同时，国际形势风云变幻，帝国主义殖民地扩张与争夺空前激烈，维多利亚晚期的英国社会阶级分化严重，劳资冲突不断加剧。在这一时代背景下，威尔斯以其广博的自然科学知识、深刻的思想性、超凡的预见性及卓越的想象力，创作出了一部部引人入胜的科学传奇，开创了“时间旅行”“外星人入侵”“反乌托邦”等一系列题材的范式，并在作品中融入了富有预见性的观点和对人类社会深刻的洞察。

本套丛书选取了威尔斯最具代表性的中长篇科幻小说和短篇小说。这些中长篇科幻小说有科幻史上里程碑式的经典，也包括一些稍显冷门但仍然很具代表性的作品。其中，有广为流传的科幻经典《时间机器》和《隐身人》，也有知名度极高、曾在美国引起巨大恐慌的《世界大战》，还有被多次改编成电影的《莫罗博士岛》和《神食》，更有启发了“反乌托邦小说三部曲”的《昏睡百年》和影响了 C.S. 刘易斯“空间三部曲”的《月球上的第一批来客》，以及预言了原子弹的《获得自由的世界》、预言了“空中战争”的《大空战》、与《世界大战》有着千丝万缕联系的《新人来自火星》、威尔斯的第一部乌托邦小说《彗星来临》和寄托了威尔斯后期乌托邦理想的《神秘世界的人》。威尔斯的中长篇科幻小说读者并不陌生，一直被认为是现代科幻小说的先驱之作；而他的另一类短篇小说名篇，如《水晶蛋》《盲人乡》等则知者较少，但在他的整个创作中有着特殊的意义。下面按威尔斯创作这些作品的时间顺序做以介绍。

《时间机器》（1895）是威尔斯最早获得成功的一部科幻小说。威尔斯利用早在《刚性宇宙》就已阐述的观点，借“时间旅行者”之口解释了四维时空的概念，探讨时间旅行的可能性。故事的主人公“时间旅行者”发明了一部“时间机器”，乘上它就能够自由驰骋于过去和未来的世界。当他乘着机器来到公元 802701 年时，发现人类已分化为两个人种：一种是住在颓败宫殿中悠闲优雅、娇小柔弱的艾洛伊人；另一种是生活在地下的面目狰狞、终日劳动的莫洛克人。不劳而获的生活使艾洛伊人的体力和智力明显退化，而莫洛克人白天为艾洛伊人制造生活的必需品，夜晚却到地面上到处捕食他们。“时间旅行者”还来到了几百万年之后，那时人类已经灭绝，沙滩上只有巨蟹、蝴蝶、日食等复古图景。善于科学思辨的威尔斯对当时高度工业资本化而极度缺乏人文关怀的英伦社会有着丰富的阅历。他自幼就对斯威夫特的讽刺小说如痴如醉，因而在《时间机器》中继承了《格列佛游记》的衣钵，以斯威夫特式的辛辣讽喻风格，尖锐地揭示了艾洛伊人与莫洛克人的畸形共生关系，并从进化论的角度出发，将人类历史演进中所要面对的冷酷现实与阶级暴力予以生动的体现，为社会分工最终演化为某种或然存在的恶性循环做出警示。

《莫罗博士岛》（1896）讲述了一个名叫莫罗的科学家，在一个无名的小岛上对各种动物进行活体解剖和器官移植，将其改造成兽人。这些兽人能直立行走，能讲话，具备人的某些特性，并且能够进行一些人类活动。莫罗试图对兽人进行肉体和精神的双重控制，却惨遭失败，最后和助手双双被兽人杀死。《莫罗博士岛》从古老神话传说与当时争议颇大的活体解剖实验中汲取灵感，结合威尔斯师从赫胥黎的经历以及对达尔文进化论的认识，从生物学角度构想出了“兽人合体”与“动物人化”的可能性。小说借由疯狂科学家莫罗的所作所为警示读者，却也为当今跨物种器官移植的动物培育技术提供了一个新的方向。

《隐身人》（1897）描写了穷困的研究员格里芬怀着极大的热情发明了一种隐身术，把自己变成了来去无踪的隐身人。这种“超能力”使他渐渐迷失了自我，企图依靠此发明建立一个“恐怖王朝”，使自己成为凌驾于社会之上的超人。最终隐身人在与人们的对抗中，跌入了犯罪的深渊，走向了毁灭的末路。《隐身人》异常大胆地想象了存在一种理论上可以改变身体折射率的药物，人服下后可以实现真正意义上的肉身隐形。如今隐形技术广泛地运用在军事上，却不是真正意义上的可见光波段隐形。而一种具有负折射率的人工合成材料——超颖材料——已经能够在微观条件下实现可见光波段的隐形。《隐身人》这部小说在某种程度上暗示了隐藏于社会之外的边缘人群的潜在矛盾，也从另一面揭示了受制于社会陈规约束的常人在脱离社会约束后可能带来的社会威胁，为社会忽视边缘人群提供了警示。

当《莫罗博士岛》和《隐身人》这两部作品将自玛丽·雪莱的《弗兰肯斯坦》以来塑造的“疯狂科学家”形象再度演绎时，我们会发现威尔斯笔下的两位科学家已然抛弃了弗兰肯斯坦还曾仅存的关乎伦理道德的愧疚之情，反而像斯蒂文森的《化身博士》里的海德先生一般，成为脱离社会约束的法外之徒。威尔斯或许从来都不会质疑科技的力量，却一度对科技力量之外所涉及的道德挑战与社会问题感到焦虑，并尽其所能地对个体获得科技力量后可能带来的负面影响做出令人赞叹的预想与反思。

《世界大战》（1898）据说源于威尔斯与兄长弗兰克的一次对话，这次对话中两兄弟讨论到了 19 世纪装备先进的英国殖民者对塔斯马尼亚土著实行种族屠杀这一话题。当时，弗兰克在讨论中设想了当天外来客如英国殖民者一般对待地球人类的情境，令威尔斯印象深刻，此后便将其通过《世界大战》呈现给世人。

故事中，入侵者并非敌国，而是地球以外的火星人。火星人被叙述成狰狞的怪物，且依靠吸食人类的血液为生。这些怪物在英国进行大肆破坏，而威尔斯却从一个寻常之极的市民视角，以荒芜萧索的笔触营造了一种凄凉的绝望，在平淡与挣扎中呈现世界由人间堕入地狱的恐怖末日……故事的结尾将末日的转折交给了为人所忽略的细微之物，着实耐人寻味，令人眼界大开。威尔斯所设想的突袭地球的火星人所使用的物理武器“热线”，尤似几十年后才实现的激光武器，而激光的理论基础——受激发射理论——在《世界大战》出版将近20年后的1917年，才由爱因斯坦发表的论文《关于辐射的量子理论》正式提出。

《昏睡百年》（1899）讲述的是主人公格雷汉姆在长期失眠后终于昏睡过去，醒来时却发现自己已然身处两百年后的世界。存款复利的神秘增长使他牢牢控制了世界经济，从而“莫名其妙”地成为世界之主，且有12名受托人以他的名义组成管理团体。管理团体对格雷汉姆的苏醒毫无准备，以至为了维护统治地位，试图隐瞒和控制格雷汉姆的行动。然而东窗事发，格雷汉姆最终还是成为反抗管理团体统治的人民领袖，与管理团体决一死战。而对抗管理会的革命者实际上也是为了私利在利用他。故事的结局，作为首领的格雷汉姆亲自驾机阻击敌军——“尽管他不敢向下看，但骤然意识到大地已近在咫尺。”这是一部出彩的作品，其近乎反乌托邦的故事架构相当引人入胜。反乌托邦文学作为社会科幻小说中备受重视的子类型，以其颠覆人性长久以来对乌托邦的美好幻想而见长。在反乌托邦科幻小说中，极端化的政治、经济、宗教等意识形态是常见的社会背景，而《昏睡百年》虽然用了一个谈不上严肃的“长眠苏醒”设定，却能将两百年后的社会体系置于一个初看合理却极其恐怖的意识形态中预演。

《月球上的第一批来客》（1901）或许可以称为威尔斯版的《真实的故事》[1]。故事幻想了一位天才科学家卡沃尔研制出了一种“反重力”金属，在制成飞行舱后卡沃尔携朋友柏德福进行了登月实验。两位冒险者在成功登月后遭遇月球人追捕的惊险遭遇，展现了威尔斯天马行空的丰富想象力。小说中对于月球表面奇幻景色的描写与半个多世纪后人类真正登上月球时发回的照片也不无相似之处。威尔斯笔下的月球人是一种近似蚂蚁的“虫族”生物，它们十分脆弱，不堪一击。小说意在通过月球人的蜂巢思维剖析维多利亚时代的社会分工，将抹杀个人自由的管理体制进行戏剧化表达。

《神食》（1904）乍看之下很容易被误认作《莫罗博士岛》和《隐身人》的延续，从而被认为是对科技盲目发展和滥用的警示寓言作品，实则不然。故事讲述的是两位科学家发明了一种新的营养品“神食”，这种营养品能让食用者生长加速且变得巨大：鸡吃了后大得能食人，黄蜂和老鼠吃了后也能大得攻击人，婴儿

1 卢奇安的这部作品对威尔斯影响匪浅。卢奇安，又译琉善，古希腊讽刺散文作家、无神论者，其主要代表作品是讽刺散文《真实的故事》。在《真实的故事》中，主人公越过大西洋去旅行，经历了一连串令人难以置信的历险，如乘船时意外被吹到月球，之后还遭遇了太阳与月球军队争夺金星的战役等。

吃了后则很快长成巨婴乃至巨人。然而就在读者眼看着故事中的世界即将陷入一场恐怖的危机、人类社会将可能被斯威夫特笔下的“巨人国”所取代之时，威尔斯却笔锋一转，描绘起被排挤的巨人。这些巨人在人类的压迫下组成了一种“新人类”团体，为了突破传统人类的各种约束壁垒，最终决定奋起反抗，为自由而战。这种剧情上的转变与威尔斯那段时间世界观的转变是有联系的。在威尔斯看来，人类社会的矛盾冲突不是纯粹的利益之争，更不是简单的正邪对立、善恶分明，归根到底还是人性本质中的排异心理与人类社会日益演化形成的阶级隔离屏障作祟，这就使得吃下“神食”的巨人成了原始人类社会“党同伐异”的对象。而威尔斯则借巨人的抗争打通了这种社会阶级隔离屏障，意欲唤起人类在形成文明后所具有的同理心，从而实现某种意义上的阶级融合。“新人类”的存在将逐步消解人类的阶级隔阂，这样一场自由之战也将预示着人类在通过“神食”诱发人体改良后，将迎来一个或然存在的乌托邦。

《彗星来临》（1906）以一种散文式的记述，缓步推进着一个看似俗套的三角恋故事，却在关键节点上通过一条漫不经心的暗线将一次情杀危机反转，而故事也最终走向了一个充满光明、友爱等良善品质的乌托邦。故事背景是一颗彗星即将接近地球的消息不断在剧情中跟进，而情节上讲述的则是一位四处碰壁的主人公，在接连的失败与对刚刚分手不久的女友立即寻获归宿的妒意之下，决定谋杀前女友及其情夫。但就在下手的当晚，一颗彗星的尾巴扫过地球，通过与空气中的氮气反应产生“绿色烟雾”，给予世间人心以光明、友爱等良善品质。于是，世界变成了乌托邦，故事变成了大团圆。在《彗星来临》中，威尔斯最终想要表达的主旨，可以说就是在《神食》中还未到来的乌托邦图景。这种乌托邦式的理想社会在小说中最显著的一点即男、女主人公在彗星来临后消除私欲的过程。而在更深层次，威尔斯真正想要探索的还是一种破除传统道德束缚、打破阶级壁垒的美好新世界。

《大空战》（1908）一方面受莱特兄弟于1903年首次试飞成功后，各国精英对战场制空权思考的影响；另一方面又显然受到了M.P.希尔的小说《黄祸》（1898）以及1905年日俄战争的影响。故事讲述了身处社会中下阶层的主角意外卷入了德国空袭美国的战争，随之引发了一场飞艇对飞艇、飞机战飞机的世界性战争，整个世界陷入了空战。这样的战争最终无疑会把世界拖入万劫不复的末日之境，《大空战》中关于“废土世界”的结局书写与《时间机器》一般开放悲凉。《大空战》为我们呈现了另一种与《世界大战》相悖的末日殊途。具有敏锐洞察力的威尔斯再度通过小人物的视角预想出他想象的空中战场，并以其出色的社会寓言性指代了某种群体或团体在获得科技力量后对平民的威胁。

《获得自由的世界》（1914）以当时拉姆齐、卢瑟福、弗雷德里克·索迪等科学家的理论与发现为指导，并从索迪的《镭的介绍》（1908）一书中获取灵感，设想了一个人类广泛使用核能后的未来图景。威尔斯充分预见了核能产生后人类将其运用在武器上的可能性，并开创性地使用了“原子弹”一词来给故事中的一种能够加速核物质衰变、引发连锁反应的持续性燃烧弹式核武器命名，而故事中的“原子弹”也正如现实中一般，给世界带来了极大的震慑性后果。在小说后半段，当人类即将因滥用核武器而走向无可挽回的深渊时，威尔斯又借由一位具有远见卓识的政治家在各大国家中积极斡旋，最终让故事中那个硝烟四起的世界获得了自由。《获得自由的世界》以其在预想核武器的使用及应对核管控等方面的先见之明而显得格外不同寻常，但这部作品在展现威尔斯极为敏锐的洞察力的同时，也充满了对反战思想及世界主义的说教。这种立足于技术官僚与权威主义的乌托邦构想，几乎成为威尔斯中后期幻想作品的核心思想，这些小说也逐渐成为一种传播这类思想的说教工具。当然，尽管小说中那些饱含感染力的说教不可避免地削弱了阅读观感，但读者依然可以追寻到它的时代意义。

《神秘世界的人》（1923）可以看作威尔斯在积极投身反对战争、维护人权的国际联盟建设事业后，对重建人类文明满怀信心的蓝皮书。在《神秘世界的人》中，威尔斯将其中后期日渐成型的乌托邦蓝图描绘得细致考究。这部作品再次借助《时间机器》的四维时空理论设定，讲述了一位旅行者因为神秘世界的一次物质空间循环实验意外，莫名进入了一个被称为“乌托邦”的神秘星球。在这个“乌托邦”中，威尔斯通过旅行者的所见所闻，将这个神秘星球的美妙境况和盘托出，向世人展现一个曾经与人类面对过相同灾害与命运的世界，是如何依托技术官僚的运作，发展出属于他们的高度发达的技术文明，以及仍在不断完善建设的“动态”乌托邦的。《神秘世界的人》所描绘的这种“动态”乌托邦，无疑给同样存在诸多社会问题的世人提供了一种建设理想社会的参考。小说中对于人类科技发展带来的物质财富的激增所引发的生态灾害及人口爆炸等社会问题提供了理论指导，也深刻反映了威尔斯重视心理教育、关注生态环保等理念。

《新人来自火星》（1937）再次展现了《世界大战》中火星人的先进技术。《世界大战》中的火星人以激进暴力的方式对人类进行“革命式”入侵，而《新人来自火星》中的火星人则以渐进温和的手段对人类进行“改良式”渗透，从对社会变革角度的思考来看，简直与威尔斯一直身体力行的政治改良思想如出一撤。作品间接描述了一种来自火星人的长期外部干预。火星人通过发射宇宙射线的形式诱导地球人实现改良性质的突变，将人类转化为智力超群且足以构建地球乌托邦的新人类。主人公在听闻火星人发射宇宙射线对人类影响的坊间传闻后，对即将降生的孩子可能产生的变异感到不安。直到他最终发现，自己早已是被改良的新人类，而新世界的秩序与乌托邦未来，由他们这些伟大的新人类联合起来方能重塑。有评论家认为，这部充满超人式设定的作品在欧洲法西斯主义盛行时期，“不合时宜”地表露出了威尔斯对权威主义的改良幻想。倘若仔细观察作品中极富隐喻色彩的预言与文字，读者也能从另一角度感受到威尔斯真诚而严肃地探讨摆脱现实世界纷乱秩序的努力。

像众多科幻名家一样，威尔斯在进行中长篇科幻小说创作之前，也是通过在各类刊物上发表短篇小说积累写作经验的。从1893年起，威尔斯发表了一系列短篇幻想作品，其中最具野心的早期作品是在《蓓尔美尔街公报》发表的短篇——《公元100万年之人》（1893）。这篇小说大胆地描述了一种在自然选择下最终重塑的人类：一种因为太阳冷却后被迫撤离到地下的生物，他们有着硕大的头颅、巨大的眼睛、纤细的双手，躯干部分则占其中的一小部分，这种人类只能永久沉浸在营养液中。这种新人类的设定很容易令人联想起《时间机器》里生活在地上的艾洛伊人与生活在地下的莫洛克人的部分特征，从而奠定了威尔斯在创作初期对于人类异化或演化主题探索时频频涌现的社会寓言特质。其他作品还有《飞人现世》（1893）、《人的灭绝》（1894）、《浅游太阳》（1894）等，其中《浅游太阳》讨论了硅基生命的可能性。他早期集中出版的短篇小说集《失窃的细菌与其他事件》（1895）中收录的《失窃的细菌》《奇兰花开》《怪物大闹天文台》等作品在惊险程度上虽然不如前述短篇，却也对后世作品产生了一定的影响，如克拉克的短篇作品《扭捏的兰花》就提到了《奇兰花开》。

19世纪末，威尔斯在短篇主题创作上的想象愈发大胆。这在其1895年以后的短篇《手术刀下》（1896）、《天外来客撞击地球》（1897）、《一个石器时代的故事》（1897）、《水晶蛋》（1897）、《能够创造奇迹的人》（1898）中足以见得。《天外来客撞击地球》

讲述的是不明天体向地球逼近的灾难故事。值得注意的是，类似的情节在《彗星来临》亦有体现，相信两者之间在创作上也联系匪浅。在《水晶蛋》中，威尔斯通过一种“以小见大”“以平凡见证奇迹”的叙事策略，将科幻小说中揭示未知世界时的惊奇感，在与之形成鲜明反差的平凡现实中进行演绎，并从中下阶层的小人物视角出发，见证“水晶蛋”中诡异神秘的世界。

到了20世纪，威尔斯的短篇幻想作品同样不乏佳作。《新时间加速剂》（1901）以一种漫不经心的方式对科技新发明可能带来的社会问题进行了探讨。《盲人乡》（1904）被许多西方评论家认为是威尔斯最好的短篇小说。尽管这篇小说并不描述未来，而是描述遥远的山谷，但它具备了科幻小说的全部要素，使读者动摇对传统的信心，并引发人们去思考事物的本来面貌。[1]《墙上之门》（1911）以主人公的成长为线索，通过对比在“梦幻花园”内、外的成长过程，揭示了工业革命对现代文明生活方式的影响。

威尔斯把科学幻想和人类的发展结合起来，以深切的忧患意识关注人类未来和科学未来。其远见卓识的抗争意识与精雕细琢的艺术追求，又体现了其不囿于特定时空的超越精神。威尔斯的科幻小说体现了在所处时代对人类未来的想象与思考，其思想源于维多利亚时代的历史环境与文化土壤，因而有一定的局限性。我们应该从其生活的时代出发，取其精华，对所涉及的政治性、思想性内容进行辩证的思考与择弃。

1 詹姆斯·冈恩．过眼云烟：英国科幻小说．北京：北京大学出版社，2008.

三

重读威尔斯

经典作品是那些你经常听人家说“我正在重读……”而不是“我正在读……”的书。即使我们初读也好像是在重温以前读过的东西，每次重读都好像初读那样会带来发现。我们越是道听途说，以为懂了，当实际读时，就越是觉得它们独特、意想不到和新颖。[1]威尔斯的科幻小说就是这样的经典。科幻小说作为一种与科技发展有密切联系的文学类型，犹如一架人类的望远镜，遥望着浩瀚的天河，对科技发展带来的种种可能性，对社会的潜在影响进行提问、预测、探讨与思辨——这亦是现代科幻小说的核心精神。而这一精神的源头正是威尔斯。

威尔斯所处的时代正值人类历史的转折点。他出生的那一年，德国工程师西门子发明了世界上第一台大功率发电机，标志着人类进入了电气时代；他逝世的那一年，世界上第一台电子计算机诞生，掀开了信息时代的序幕。其人生横跨的两次工业革命颠覆性地改变了人类文明的发展进程，科技、政治、经济的变迁使得世界发生着难以想象的变化。正是在这种时代背景下，威尔斯对科技前景和社会现实进行了可信的分析与预测，对当时的诸多问

1 伊塔洛·卡尔维诺．为什么读经典．黄灿然，李桂蜜，译．南京：译林出版社，2012.

题都有深入的探究与思考。他一方面肯定科学技术的巨大作用，另一方面也意识到当科技被枉顾伦理道德之辈利用时，人类将会为此付出惨痛的代价。除了创作针砭时弊、充满寓言色彩的作品外，胸怀社会改良理想的威尔斯还身体力行地参与政治活动。尽管威尔斯的作品及其对社会问题的思考具有一定的历史局限性，但无疑对那个时代产生了深远的影响。

正是这种特殊的生平背景，以及艺术想象、科学警示、社会批评相结合的创作手法，使得威尔斯的作品具有深刻的思想性和恒久的生命力。在100多年后的今天，人类文明又一次面临重大拐点，随着以人工智能为核心的“第四次工业革命”的到来，各项重大技术创新即将在全球范围内掀起波澜壮阔、势不可挡的巨变[1]。作为曾经变革浪潮的亲历者和预言者，威尔斯在作品所展现出的预见性和对科技、社会问题的思索，在照亮那个时代的同时，也冥冥中关照了人类未来相似的发展境遇。也因此，时至今日，我们依然需要去聆听这位科幻先知的思想，去感受现代科幻小说发轫阶段所寄托的希望与沉思，去体会在激荡的洪流中一个知识分子的理想与信念。

或许，当1895年威尔斯写出《时间机器》的那一刻，他便真的发明了一台“时间机器”，并乘着它到达了未来，带回了警示的讯息。后世的科幻作家无不踏着这位前辈的脚印，乘坐这台机器，开启了一次又一次抵达未来的旅程，捎回一封又一封来自

1　施瓦布．第四次工业革命．北京：中信出版社，2016.

未来的信，谱写了科幻200年间一段又一段波澜壮阔、气象万千的乐章。如今，与未知同行的这一代人，或许很渴望也有一台这样的“时间机器”，以便到达未来一探究竟，用更有远见的视野指导今天的生活。若真是这样，拜访这些乘坐过“时间机器”的科幻作家或许是一个不错的方法。当然，最应该拜访的当然是那个发明了“时间机器”的人。他是社会科幻的领路人，更是现代科幻的奠基者，他是H.G.威尔斯。

《科幻世界》 陈 俊

2018年夏

引子

1887 年 2 月 1 日，“虚荣女士号”撞上一艘废弃的船，之后就失踪了，出事地点大约在南纬 1 度，西经 107 度。

1888 年 1 月 5 日，离出事已经是 11 个月零 4 天，我叔叔爱德华·普伦狄克被一艘小船救起。方位在南纬5度3分，西经101度。小船的名字模模糊糊，看不清楚，据推测应当是失踪的“娃儿藤号”木帆船。我叔叔是个普通绅士，他在卡亚俄码头登上“虚荣女士号”开始海上旅行。出事后人们以为他被淹死了。他给人们讲起自己的遭遇，但因故事太离奇，人们都以为他疯了。后来，他又说，打从逃离 “虚荣女士号”开始，他的大脑就一片空白。一时间，心理学家们把他的症状作为一种怪病展开讨论，探讨精神和肉体的压力导致人失去记忆的规律。下面的材料是查理斯·爱德华·普伦狄克，也就是我，他的外甥兼继承人，在他遗留的文件堆里找出来的，材料上没有要求公开发表的意思。

在我叔叔获救的那片海域，人们知道的唯一的岛屿叫贵族岛，那是一座没有人烟的火山岛。1891 年，皇家“蝎子号”曾去过这个岛。当时水手们登上小岛，发现上面只有一种奇怪的白蛾，一些野猪、野兔和长相怪异的耗子，此外再无他物。他们没有带回这些动物的标本，所以本篇故事就缺乏最重要的东西来证明它的真实性。明白了这一点，那么把本篇故事公之于众可能就不会伤害到什么人了。我相信这正是我叔叔的意图。这份材料至少说明了这样的情况：我叔叔在南纬 5 度，西经 105 度失去了踪迹，11 个月之后，在海洋的同一方位，他又出现了。在这段时间里他总得靠某种方式活下来。听说有一艘名叫“娃儿藤号”的木帆船，船长约翰·戴维斯是个酒鬼。这艘船在 1887 年 1 月确实载着美洲狮和一些其他动物从非洲启航。这艘木帆船在南太平洋一带的好几个港口都蛮有名气，最后是在那片海域失踪的（船上装着大量的椰果干）。它于 1887 年 12 月从班雅启航，驶向那未知的命运。这个日期和我叔叔讲的故事正好吻合。

查理斯·爱德华·普伦狄克

第一章
在救生艇里

有关“虚荣女士号”的失踪已有过许多报道，我不再赘述。“虚荣女士号”在离开卡亚俄港后的第十天撞上了一艘弃船。十八天后，载着七名水手的大备用艇被英国皇家炮舰“长春花号”救起。于是他们死里逃生的故事像那个更恐怖的“梅杜萨号[1]”事件一样，流传开来。不过我还是要为这个已经传得沸沸扬扬的“虚荣女士号”遇难故事讲上一段同样可怕，但肯定更离奇的篇章。迄今为止，人们一直认为另外一只小救生艇里的四个人都被淹死了，但这不

1 梅杜萨号，法国巡防舰。1816年7月2日，载着400余人的“梅杜萨号”在西非海岸触礁搁浅。由于贵族船长肖马雷经验匮乏且指挥不力，有至少147人被安置到一艘竹筏上听天由命。由于食物和水的匮乏，加上酷暑和绝望情绪的折磨，竹筏上发生多次暴乱，饿死、被杀、自杀者不计其数，最后甚至出现人吃人的情形。等13天后救援人员赶到，竹筏上仅有15人幸存。这场惨剧后来成为轰动一时的国际丑闻，法国画家西奥多·籍里柯以此为题材画出了那幅著名的《梅杜萨之筏》。——译者注

是事实。我有最好的证据证明这一点：我，就是那四人当中的一个。

不过，首先我必须说明，那小救生艇里从来不是四个人，而是只有三个人。1887 年 3 月 17 日的《每日新闻》称，“船长看见一个人跳进小救生艇”。那人是康斯坦斯，他没能跳进船里，这对我们来说是幸运，而对他来说则是不幸。他从被撞断的斜桅底下乱成一团的绳索里溜下来。他松手往下跳的时候，脚被一些小绳缠住，头朝下在空中悬了一会儿，然后摔了下来，落水时撞在水中的圆木（或是方木）上。我们朝他划过去，可是他再也没有浮上来。

我说过，他没能上我们的小艇是我们的运气。好像也可以说，这是他本人的运气。因为小救生艇里只有一小桶水和一点儿受潮的水手饼干。遇难警报发出得很突然，船上的人毫无准备。我们以为大备用艇上的食品和淡水会多一些（其实那上面准备得也不多），就朝那上面的人大声呼喊，但他们听不见。第二天，细雨蒙蒙，一直下到中午。雨停后，大备用艇跑得无影无踪。小救生艇晃来晃去，我们无法站起身来观望。海浪很大，我们的小艇很难划向大备用艇。当时同我一起逃生的另外两人中，一位是像我一样的乘客，名叫赫尔默；另一位是水手，身材矮小粗壮，说话带点儿口吃，不知道叫什么名字。

我们在海上漂流着，饥饿难耐。后来淡水用光了，又渴得要命。就这样我们总共漂泊了八天。从第二天以后，大海慢慢平静下来，海面像镜子一样。一般读者无法想象那八天的苦难，因为在普通人的记忆中，没有任何相似的经历能够让他们想象得出那种情形。这对他们而言是一种幸运。第一天过去了，我们很少说话，只是躺在船里，眼睛盯着天边。一天天过去了，我们的眼睛越来越大，身体越来越憔悴，眼睁睁地看着同伙越来越痛苦，越来越虚弱。太阳也变得越来越无情。第四天，淡水用完了。我们开始胡思乱想，互相用眼神表达那些荒诞不经的想法。我想那是在第六天，赫尔默说出了那个我们都在打的主意。我至今依然记得，我们的嗓音又干又细。我们围拢在一起，这样说话时可以少用些力气。我坚决反对那个主意，宁可凿穿船底一起坠海喂鲨鱼，因为鲨鱼一直在跟着我们。但是赫尔默说，如果我们接受他的建议，就有能喝的东西了，水手转而同意了他的主意。

但我不愿抓阄。夜里，水手和赫尔默一遍遍地咬耳朵，我手握折叠式小刀坐在船头，心底却怀疑自己是不是还有足够的胆量去搏斗。到了早上，我同意了赫尔默的建议，我们拿出一枚半便士来决定谁该是那个倒霉蛋。

阄落到水手头上，他是我们三个人之中最健壮的。他不服，伸出两手朝赫尔默扑过去。两个人搏斗着，扭成一团，都快站起来了。我朝他俩爬过去，打算拖住水手的腿，好帮帮赫尔默。船身摇晃起来，水手一个趔趄，于是两人倒在船舷的上缘，一起翻进海里，石头般沉入海底。我记得当时自己看得哈哈大笑，却不知为什么，好像身外有股力量忽然让我笑起来。

我躺在小艇的坐板上，不知过了多久。我一直在想，倘若还有力气，就喝海水，让自己发疯，这样能死得快一些。就在我躺在小艇里的时候，我看见天际线上有一朵白帆向我驶来，可我对它没兴趣，还不如看到一幅这样的画呢。当时我一定是思绪紊乱，但我清楚地记得所发生的一切。记得当时我的头随着波浪晃荡起伏，漂着白帆的天际线一上一下跳舞似的。我还清楚地记得我认为自己已经死了，救援的人来迟了一小会儿，而我的灵魂刚刚飘然身外。多么可笑！

我枕着坐板躺在小艇里，感觉过了很久很久，望着那只一上一下跳舞的木船从海上开过来。那是一条双桅小帆船，船头和船尾都有风帆。因为是逆风行驶，木帆船忽左忽右地变换着方向，拐着大弯儿航行。我从没想要引起他们的注意。等看到木帆船的船舷靠过来之后，我就什么也记不清了。后来我发现自己在木船船尾的舱室里，模模糊糊记得有人把我抬上舷梯。记得有一张大脸盘在船樯上边瞪着我。那张脸红红的，长着雀斑，周围满是红色发须。我还断断续续地记得有一张黑面孔，眼睛大得出奇，凑到了我的眼前。在我真的看见了那张脸之前，一直以为那是个噩梦。我觉得我还能记起有人向我紧闭的嘴里喂了些汤水。我能记起来的就这么多了。

第二章

去往无名岛的人

我发现自己所在的那间舱房很小、很乱。一个年轻人坐在我的身旁，正在按着我的手腕。他一头亚麻色头发，留着浓密的稻草色胡子，厚厚的下嘴唇往下垂着。我们相互看了一会儿，都没有说话。他有一双水汪汪的灰色眼睛，却没有任何表情。

这时，头顶上方传来一阵响动，仿佛有人在砸铁床头，接着传来某种大型动物低低的怒吼声。就在这时，坐在我跟前的这个人开口了。

他重复着他的问题："你现在感觉怎么样？"

我想当时我是说：觉得没事了。我记不起自己是怎么上船的。他肯定看出了我一脸疑惑，因为当时我的嗓子还说不出话来。

"你是从一只小救生艇上被救上来的，当时你快饿死了。小救生艇的名字是'虚荣女士号'，船帮上缘有血迹。"这时我看到自己的手干瘪瘪的，就像装满松散骨架的脏兮兮的人皮钱夹。船上发生的一切涌入脑海。

“吃点儿这个。”他喂了我一管冰镇的深红色东西。

那东西有血腥味。我顿时感到强壮了许多。

“你很走运，”他说，“救你的船上有个懂医的人。”他说话时像要流口水，多少有点大舌头。

“这是条什么船？”我慢吞吞地问道。由于长时间没有说话，我的嗓音哑哑的。

“这是条往返于阿里卡港和卡亚俄港之间的小商船。我从没问过它原本是哪儿生产的，我猜准是天生傻瓜国制造的。我是从阿里卡上船的乘客。船主叫戴维斯，他也是这艘船的船长，那头笨驴把执照弄丢了。你是知道他那种人的。他给这船取名‘娃儿藤[1]’，真是从所有地狱般傻帽儿的名字中挑出来的。就是海上风平浪静，这艘船也会晃得像地狱。”

头顶上的声音又响了起来，是一个人的声音伴着一只动物的咆哮声。另一个声音断喝：“该死的傻瓜！”一切平静下来。

“你差点儿死了。”那人说，“真是太悬了，不过现在我已给你打过针了。注意到胳膊疼了没有？你昏迷不醒，将近三十个小时。”

我思维迟钝，一群狗的叫声又打断了我的思绪。

“我现在可以吃点干粮了吧？”我问道。

“多亏了我，”他说，“羊肉这会儿还在炖着呢。”

---

1 娃儿藤，一种产于南美的茜草科植物的根，常用作催吐剂。——译者注

“好吧。”我自信地说道，“我可以吃点儿羊肉。”

“但是，”他一时有点儿犹豫，“我非常想听你讲讲船里怎么会只剩下你一个人。”我觉得他的眼神里有一丝怀疑。

“该死的号叫！”

他突然离开舱室。只听得他跟什么人大声吵了起来，吵架的那人说话叽里咕噜的，最后他们好像动了手，可我又觉得听错了。后来他冲狗群吼了一嗓子，返回了舱室。“怎么样，可以继续了吧？”他刚进门就说，“你刚开了个头呢。”

我告诉他，我叫爱德华·普伦狄克，之所以喜欢上了博物学，是想借此从百无聊赖的闲适生活中得到解脱。他对这一点饶有兴趣。

“我也搞一点科研。我在大学里学的是生物学，从蚯蚓体内取卵巢，从蜗牛身上取角质带，等等。天哪！那是十多年前的事了。不过你说，接着说，跟我说说那条船的事。”

我讲得着实太简单，因为我太虚弱了。不过他明显对我讲这段经历的坦率态度很满意。我的情况一讲完，他就把话题转向博物学和自己的生物学研究上。他开始详细地向我询问托特纳姆法院路和高瓦尔街的情况。

“卡普拉兹还是那么繁华吗？那曾是个多么繁华的商店呀！”

很显然，他曾是个很普通的医科学生。不一会儿，他情不自禁地把话题又转向了音乐厅。他还给我讲了一些趣闻逸事。

“我抛弃了这一切，”他说，“十年了。那时多么令人愉快！

年轻时我出了不少洋相……二十一岁以前我耗尽了青春时光。我敢说现在那里准变样了……我得上去看看那个蠢驴厨子，看他把你的羊肉炖成什么样了。”

头顶上又响起怒吼声，这声音来得突然且野性十足，吓得我毛骨悚然。“怎么回事？”我冲他身后喊道，但门给关上了。他回来时端着炖羊肉。羊肉的美味吊起了我的胃口，我一下子把野兽的叫声抛到了脑后。

一天下来吃吃睡睡，我恢复得很快，能够从床上爬起来到小舱口去观看绿色的大海了。这会儿，海浪正在努力追逐着我们。我判断帆船是在顺风航行。我正看着，蒙哥马利，就是那位亚麻色头发的人，又回到舱里来。我请他找几件衣服，于是他把自己的几件帆布衣服借给了我。他告诉我，我在小艇里穿的那些衣服都被扔到海里去了。他的块头大，胳膊和腿长，我穿他的衣服有点肥大。

他漫不经心地对我说，船长在船长室里已喝得八成醉了。我一边穿衣服，一边向他打听这艘船的目的地。他说船驶往夏威夷，但中途必须让他先下船。

“在哪儿下？”我问道。

“是一个岛……我住的岛。就我所知，现在它还是个无名岛。”

他下嘴唇向下垂着，眼睛盯着我，忽然故意装出傻里傻气的样子。我猜他是在有意回避我的问题，就不便多问了。

第三章
怪脸

我们离开客舱时，发现有个人在舱梯口挡住了我们的去路。他背朝着我们站在舱梯上，正朝舱口外观望着。看得出他是个畸形人，个子粗矮墩胖，笨头笨脑，驼背，脖子上毛茸茸的，一头黑发又粗又密，脑袋深深地缩在肩膀里，身穿深蓝色哔叽衣服。这时，我听到群狗狂叫，只见那人立刻从舱口缩了回来，我赶快伸手顶住他，免得撞着我。他碰到我的手时，立即像动物一样敏捷地转过身来。

不知怎的，当那张黑黢黢的脸突然转向我时，我大吃一惊。那是一张异常畸形的脸。脸向前凸起，形成狗或狐狸的鼻吻。一张大嘴半张半开，龇着我从未在人嘴里看到的白花花的大牙齿。他眼角充血，只有一丝白眼圈框住两颗淡褐色的瞳仁，脸上怪模怪样地闪耀着兴奋的表情。

“混蛋！”蒙哥马利喝道，“还不让路？”

黑脸人赶忙一声不吭地朝边上挪了挪。

我爬上舱梯，忍不住又看了他几眼。蒙哥马利在舱梯口又待了一会儿。

“这里没有你的干系，懂吗？”他刻意说道，“你的地方在前面。”

黑脸人胆怯起来。“他们……不让我上前舱。”他慢腾腾地回道，嗓音中带着一种奇怪的沙哑。

“不让你上前舱！”蒙哥马利话里带着威胁，“我叫你去！”他还想再说些什么，忽然抬头看看我，遂跟在我后面爬上了舱梯。我在舱梯的一半处停了下来，回头看了看这个黑家伙，依然被他的丑陋惊得没法形容。我从来没有见过这么恶心、这么怪异的脸。可是，如果人们相信“矛盾”这一说法的话，我同时又有个奇怪的感觉，好像在什么地方确确实实见过眼前这种让我非常吃惊的表情和动作。后来我想，或许我被抬上船的时候见过他。但这还是解释不了我似曾见过此人的疑团。一个人若是见过这么特别的一张脸，怎么可能忘记看到它的具体场合呢？实在让人难以想象。

蒙哥马利从船舱里爬出来，打断了我的思绪。我扭头环顾四周，打量这艘小型帆船平坦的甲板。在舱下我听见过船舱上面动物的叫声，我可能会见到什么，心里已有所准备。当然了，我从来没见过这么脏的甲板。到处扔着胡萝卜残块、绿果皮、绿菜叶，还有各种叫不上名字的垃圾。主桅杆下面用铁链子拴着几条凶猛的捕鹿猎狗，它们见到我后，开始上蹿下跳，狂吠乱叫。后桅杆那边有一个不大的铁笼子，里面关着一头大美洲狮。笼子太小，狮子连转身的空间都没有。远处右船樯下面有一些大箱子，里面养着兔子。一头孤独的无峰驼被塞在前方的一只小笼子里。猎狗的嘴上全给带上了皮嚼子。甲板上唯一的人就是手握轮舵默不作声的瘦子水手。

船帆鼓满了风，帆上缝着补丁，脏兮兮的。往上看去，船上所有的帆好像都张开了。天空万里无云，太阳已经走到西天的一半。长长的海浪与我们齐头并行，微风吹起了朵朵浪花。我们从舵手身边走过，来到船尾栏杆处，只见船尾下冒着泡沫儿的海水翻腾着消失在后面。我回过头，再次打量这艘肮脏不堪的船。

“这是海洋动物园吗？”我问。

“可能是吧。”蒙哥马利说。

“带这些动物干什么？卖吗？是稀有物种？船长想把它们卖到南海去吗？”

“好像是，不是吗？”蒙哥马利说着，又转过身去看船尾泛起的滚滚浪花。

猛然间，我们听到一声大喝，接着舱梯那边传来一阵咒骂，黑脸畸形人慌慌张张地爬上了甲板。他立刻被一个头戴白帽子、满头红发的男子追上。那些先前朝着我狂吠、已经疲倦的猎狗，这会儿见到畸形人又来了精神，蹿着，叫着，恨不能挣脱锁链。畸形人吓得怔了一下，红发男子乘机逮住他，一记重拳捣向他的肩胛骨，那可怜虫像一头被砍倒的牛，倒在肮脏的地上，滚到狂吠乱叫的猎狗当中。算他走运，那些猎狗嘴上都上了嚼子。红发男子得意万分，大叫一声，摇摇晃晃地立在那里。我觉着他很危险，极有可能往后仰，掉到舱下面去；或者往前倾，跌到畸形人身上。

红发人刚一露面，蒙哥马利立刻凶了起来。“站着别动！”他喝道，口气里满是训斥。前甲板上出现了两三个水手。

黑脸人还在哀号，声音听着很特别。他在那群猎狗的脚下滚来滚去。没有人试图去救他。畜生们可着劲地折磨他，用带着嚼子的嘴不住地拱那可怜的家伙。猎狗灵巧的灰色身体在这具趴在地上的笨家伙身上踩过来踩过去，就像在跳舞。前甲板的水手朝着猎狗高声喝彩，好像在看一场精彩的体育比赛。蒙哥马利愤愤地骂了一句，大步走过甲板。我快步跟上他。

眨眼间黑脸人摇摇晃晃地爬了起来，踉跄地走了几步，又绊倒在支架旁边的船樯上。他倚在那里呼哧呼哧地喘着气，扭头望着那群猎狗。红发男子开怀大笑，甚是得意。

“听着，船长，”蒙哥马利说道，口齿不清的毛病更重了，他抓着红发男子的胳膊说，“这样可不行！”

我站在蒙哥马利身后。船长半转过身，用一副醉汉般呆滞而又严肃的眼神瞅着他。

“什么不行？”他说着用惺忪的睡眼对着蒙哥马利的脸看了一会儿，又骂了一句，“该死的接骨郎中！”他突然挣脱了双臂，经过两次徒劳的尝试，才把满是斑点的拳头揣进了衣兜里。

“那人是乘客，”蒙哥马利说，“我劝你不要碰他。”

“见鬼去吧。”船长大声嚷道。他突然转过身，蹒跚着走到一边，说道：“在我的船上我爱干什么就干什么。”

我以为蒙哥马利可能不会搭理他了，因为那畜生喝醉了。但他的脸色只是更加苍白了一些，跟着船长走到了船樯边。

“听着，船长，”他说，“不能再虐待我的人。他自从上了船就一直受欺负。”

酒精发挥作用了，船长一时哑口无言。“该死的接骨郎中！”他只会说这么一句。

看得出蒙哥马利脾气不大好，而且这场口水仗在一点点地升级。“他喝醉了。”我忍不住多管闲事，“你发火也没用。”

蒙哥马利外翻的下嘴唇丑陋地扭曲了一下。

“他总是喝得醉醺醺的。你认为那样就能原谅他对乘客粗暴无礼吗？”

“我的船，”船长又开口了，用颤颤巍巍的手往笼子方向挥了挥，“是条干净的船。瞧瞧现在吧！”当然谈不上干净。船长继续说：“水手们都是干净整洁、受人尊敬的水手。”

“是你同意带上这些动物的。”

“但愿我永远不会看到你那个地狱岛。你们那么个鬼岛……要这些动物干什么？还有那个家伙……本以为他是个人，可他是个疯子，而且他总待在船尾干什么？你以为整个船是你的？”

“那个可怜鬼一上船水手就欺负他。”

“那是他活该！他是个魔鬼，丑八怪。我的水手受不了他，我也受不了他。你，也受不了他。我们谁都受不了他。”

蒙哥马利转身走开了。

“不管怎么说，你们别碰那个人。”他一边说，一边点着头。

但是船长要找碴儿吵架。他提高了嗓门：

“我告诉你，他要是再到船尾来，我就把他的五脏六腑挖出来，把五脏六腑挖出来！你算什么人，要来告诉我该干什么。告诉你，我是船长——一船之长和一船之主。我告诉你，我就是这里的法律和先知。我们讲好了价钱，从阿里卡港带上一个主人和一个仆人，再带回一些动物。我可从未答应带一个发了疯的魔鬼和一个傻瓜接骨郎中！一个……”

好吧，不去管他怎么咒骂蒙哥马利了。我见蒙哥马利向前跨出一步，于是出面阻拦，“他醉了。”我说。船长骂得更难听了。“住口！”我猛然转过身去喝道，因为我从蒙哥马利苍白的脸上看到了杀气。这一下我把暴雨般的咒骂引到了自己身上。

但是我制止了可能发生的混战，纵然付出了遭受船长酒后毒骂的代价，我还是很高兴。虽然过去我也接触过不少性格怪僻的人，但从没听过有人滔滔不绝地说出这么多恶毒的话。就算我脾气温和，还是觉得有些话实在听不下去。当然了，我朝船长大喝“住口”的时候，忘记了自己不过是个被打捞起来的遇难者，没有生活来源，也没付船费，全靠船家的施舍。或者说，多亏了这种倒卖动物的生意。船长气势汹汹地提醒我这一点。但不管怎么说，我让他俩避免了一场打斗。

第四章
船上夜谈

那天傍晚，太阳落山时分，能看到陆地了，木帆船往那个方向驶去。蒙哥马利暗示，那儿就是他的目的地。陆地还远，看不清上面有什么。我觉得它在飘忽不定的灰蓝色大海里只不过是块横卧在那里的暗蓝色土地。一缕几乎笔直的烟柱从岛上升向空中。

我们看见陆地时，船长不在甲板上。他在我身上发泄完怒气后，跌跌撞撞地下舱去了。我想他是到自己舱室的地板上去睡觉了。实际上指挥这艘船的是大副，就是我们见过的那个操纵舵轮的人。他少言寡语，瘦削憔悴。显然他对蒙哥马利也是一肚子怨恨，不管是对他还是对我，睬都不睬。我们和他一起吃饭的时候，我没话找话，他却一直阴沉着脸不搭腔。我还注意到船上的人对我的这位伙伴和他的动物态度极不友好。我也发现蒙哥马利对于要用这些动物做什么，还有他的目的地等问题缄口不语。我的好奇心越来越强，但我并没强求他告诉我。

我们在后甲板上一直谈到繁星满天。舱下透出黄色的灯光，除了那里偶尔传出的声音以及动物们不时的响动外，夜晚万籁俱寂。美洲狮在笼子的一角蜷缩成黑色的一团，瞪着两只闪闪发光的眼睛望着我们。那几条猎狗好像睡熟了。蒙哥马利掏出几支雪茄。

他跟我讲起伦敦，说起往事时有些凄楚，问的问题全是关于伦敦变化了多少。听他的口气，好像非常喜欢伦敦的生活，但他在那儿的生活却被猛然地、无可挽回地斩断了。我尽可能东拉西扯。聊天中，我一直感觉他怪怪的。我身后是船上的罗经柜灯，我一边说着，一边借着昏暗的灯光瞟着他那张苍白古怪的脸。后来我向朦胧的大海望去，他的小岛藏在那蒙蒙深处。

我觉得这个人从冥冥中走来就是为了救我一命。明天他就要下船，从我的生活中消失。即使在正常的情况下，也够我想上一阵子的了。首先令我感到不解的是，一个受过大学教育的人竟会住在一个无名小岛上，而且他随身携带的行李着实非同一般。我下意识地重复着船长的问题：他要带这些野兽干什么？我最初跟他说起这些动物的时候，他为什么装作不是他的？还有，他的那个侍从怪里怪气的，给我的印象实在太深刻了。所有这些给眼前这个人蒙上了一层神秘的雾纱。这些情况勾起了我的想象，我说话也不灵便了。午夜将至，我们关于伦敦的话题渐渐谈没了，于是我俩肩并肩倚靠在船樯边上，望着梦幻般寂静的星空，各自想着心事。这正是表达情感的好气氛，我开始表达感激之情。

“如果可以，我得说，”过了一小会儿，我开口说，“你救了我的命。”

“天意，”他回答说，“只是天意而已。”

“我想向近在眼前的天意执行者表达我的谢意。”

“谁也不用谢。你需要帮助，而我有这方面的知识，我给你打针，给你喂饭，就像我收集到了一个标本一样。我腻烦了，想找点儿事做。要是那天我很烦，或者不喜欢你的模样，那么……现在你在哪儿就是个未知数了。”

这话给我泼了点冷水。“不管怎么说……”我又开口说道。

“是天意，我告诉你，”他截断我的话头，“就像人生中的每件事都是上天注定的一样。只有蠢驴才看不出来。我一个文明世界的弃儿为什么会到这儿，而不去当一个快乐的人，尽享伦敦的乐趣呢？不就是因为十一年前，在一个大雾弥漫的夜里，有十分钟左右的工夫我忽然昏了头……”

他不说了。“然后呢？”我问。

“就这些。”

我们沉默起来。没多一会儿，他哈哈大笑了起来。

“在这样的星光里确实有某种东西让我们坦露心迹。我真是头蠢驴，不知为什么还是想告诉你。”

“你不管说什么，都可以放心，我会保守秘密的……假如你担心这个的话。”

他刚要说，又疑心重重地摇摇头。

“别讲了。”我说，“对于我来说，知不知道都没关系。毕竟最好是保住你的秘密。即使你告诉我，我也得不到什么好处，只不过心里头这块石头能放下来而已。我尊重你的秘密。但如果我不能呢……你说是吧？”

他嘴里嘟囔着，犹豫不决。我感到我已把他逼入不利的境地，抓住了他想要小心眼的小辫子，而且说实话，我也不想知道一个医学院的青年学生是因为什么被赶出伦敦的。我想象得出。我耸耸肩膀，转身走开了。在船尾栏杆上有一个黑影，正在看星星，那是蒙哥马利奇怪的侍者。听见我的走动声，他迅速扭过头来，接着又移开了目光。

你们会觉得这微不足道，而对于我，却不亚于雷霆贯顶。我们附近唯一的灯是挂在舵轮旁的灯笼。刹那间，那家伙的脸从船尾的暗处转过来迎向灯光，他那双望着我的眼睛闪着幽幽的绿光。

当时我还不知道，至少在人的眼中，泛点红光算不得不正常。我觉得那家伙根本不是人。那长着火眼金睛的黑影子，一下子穿透了我成年人的思维和感情，一时间把我早已忘却了的儿时恐惧全给勾了上来。接着，这种恐惧感来也匆匆、去也匆匆了。星光里，那不过是一个粗野的男人的黑影，一个不知底细的身影倚靠在船尾栏杆上。这时，我听到蒙哥马利在对我说话。

“我们该睡觉了。”他说，“如果你待够了的话。”

我答非所问地应了一声，于是我们一同走下甲板。经过我的舱室时，他向我道了晚安。

那天夜里我梦到了些不愉快的事情。月牙很晚才升上天空。月光惨白，泄到我的舱室，鬼影一般在我床边的木板上投下不祥的影子。猎狗醒了，号一阵，吠一阵。我的梦也因此断断续续，直到天亮我才睡熟。

第五章

走投无路

一大早——我体力恢复的第二天早晨，也就是我获救的第四天早晨吧——我从一堆乱七八糟的梦中醒来。我梦见了枪、炮，还有声嘶力竭的暴徒。正在这时，我觉得上方有个嘶哑的嗓音在叫唤。我揉揉眼睛，躺在床上静静地听着那声音，一时间不知道自己身处何方。突然，我听到有人赤脚啪嗒啪嗒走路的声音，很重的东西被扔来扔去，铁链子被使劲挣得叮里咣当，哗啦哗啦。又听到木帆船猛地掉转船头，激起海水哗哗作响。一个黄绿色浪头打到小小的圆形舷窗上，带着泡沫的水从舷窗上像溪流一样淌下来。我赶紧起来穿上衣服，上了甲板。

我爬上舱梯时，太阳正在冉冉升起，天空一片火烧彤云。在火红的天空之下，我看见船长宽阔的背影和他那颗长着红发的后脑勺。从他肩头望过去，那装美洲狮的笼子被吊在后樯帆的帆杠上，在空中打着旋。

看来那可怜的野兽被吓坏了，在笼子底部缩成一团。

“把它们都扔下去！”船长吼道，“扔下去！弄走这些畜生，我们的船马上就会干干净净。”

我要爬上甲板，他挡住了我的路，我只好拍拍他的肩膀。他吓了一跳，转过身来，不由得后退了几步，瞪着我。一看就知道，他仍然醉着。

“你好哇！”他傻乎乎地招呼道，眼里忽然亮起一线光芒，“怎么了？这不是什么什么先生吗？”

“我叫普伦狄克。”我说。

“该死的普伦狄克，”他说，“‘住嘴’——那才是你的名字，‘住嘴先生’。”

与这个野蛮人搭腔是没有意义的。但我万万没想到他接下来会那样做。他伸手指向下船口。蒙哥马利正在那里同一个人讲话。那人身材魁梧，白头发，穿着一套肮脏的法兰绒衣服。显然那人刚到甲板上来。

“往那边走，‘住嘴先生’，往那边走。”船长咆哮道。

蒙哥马利边说边同他的伙伴转过身来。

“你是什么意思？”我问。

“往那边走，该死的‘住嘴先生’——我说的就是这个意思。下船，‘住嘴先生’，马上！我们要打扫船，把这条上帝保佑的船整个打扫一遍。你滚下船去。”

我木然地瞪着他，可我忽然觉得这正是我想做的。不当这条船上唯一的乘客，不跟这个吵吵闹闹的酒鬼一路旅行，这没有什么可伤心的。我转向蒙哥马利。

“不能要你。”蒙哥马利的伙伴干脆地说。

“你们不要我！”我不无恐惧地说。他的脸方方棱棱，刚毅无比。我从未见过这种面容。

“你听我说。”我开始同船长协商。

“下船！”船长说，“这艘船不运野兽、食人兽和比野兽还坏的家伙。滚下船去，‘住嘴先生’。他们不要你，你就下船。反正你得下船，和你的朋友一块下。我受够了那个老天保佑的岛了。阿门！我可受够了。”

“哎，蒙哥马利！”我恳求道。

他的下唇扭曲起来，无可奈何地向身旁那位白头发老人点点头，表示无能为力。

“我马上会让人把你扔下船的。”船长说。

于是一场奇特的三方大吵架爆发了。我轮番乞求他们。我先求那位白头发的人叫我上岛，接着又求醉醺醺的船长让我留在船上。我甚至大声地央求水手。蒙哥马利一言不发，只是不住地摇头。“你得下船，我告诉你。”船长反反复复地说着这句话，“让法律见鬼去吧！这儿我说了算。”最后我必须承认，在他咄咄逼人的威胁声中，我的嗓子变了音。一股歇斯底里的怒火从我心底蹿上来。我走向船尾，两眼悲哀地瞪着，却什么也不看。

此时此刻，水手们正在迅速卸下行李和装在笼子里的动物。一艘张着两面四角帆的大划艇靠在帆船下面的避风处，七七八八的古怪货物在空中打着旋，被吊到艇上。木帆船的船帮挡住了划艇的底部，我没看到岛上来取货的人。蒙哥马利和他的同伴对我毫不理睬，只顾忙着帮助和指挥那四五个水手卸货。船长走了过来，与其说帮忙倒不如说在找麻烦。我一会儿感到绝望，一会儿又想孤注一掷。有那么一两回，我站在那里等待他们判决的时候，忍不住嘲笑自己可悲的窘境。我感到更可怜的是，我连早餐都没吃。肚子空空、体内缺血，夺走了一个男子汉的骨气。我彻底明白了，我既没气力抗拒船长要把我赶下船的决定，也没有能力强迫蒙哥马利他们接纳我，于是只好听任命运的安排。蒙哥马利的货物被不停地往划艇里转运，仿佛我不存在似的。

货很快卸完了，接下来是一场搏斗。我被拖到下船口，我挣扎，反抗，但力量太弱了。即使在挣扎中我也注意到了与蒙哥马利在一条划艇上的那些人，他们的脸都是棕色的，甚是怪异。这时划艇已装得满满的，并且被匆匆地用篙子撑开。我脚下的绿水越来越宽。我使劲往后挣扎，免得栽进水里。

划艇里的人嘲讽地大声喊叫起来。我听见蒙哥马利怒斥他们。紧接着，船长在大副和一名水手的帮助下把我拽到船尾。“虚荣女士号”小救生艇一直拖在船的后面，海水灌了半船，里面没有桨，什么给养也没有。我扑倒在甲板上，不肯跳进小艇。船尾没有挂梯，他们用一根绳子把我捆了起来，吊进小艇，尔后砍断了绳索，于是我就漂在小艇里了。

我慢慢地漂离了木帆船，木然地望着所有水手都在调整风帆，一点儿一点儿地将船帆迎向风头。风帆哗啦啦地响着，一会儿就鼓满了风。我瞪着那饱经风霜的船帮，见它陡陡地耸在我的前方，渐渐地驶离我的视野。

我没有转头去看它。一开始，我难以相信所发生的一切。我缩在小艇里面，呆呆地瞪着油汪汪的茫茫大海。后来我才意识到我再一次落入了我的“小地狱”，而这个“地狱”现在进了一半水。我隔着小救生艇的上缘回头望去，只见那帆船停在远处，红毛船长正站在船尾嘲笑我。我转过头来往那座岛子的方向望去，只见划艇越来越小，往海滩驶去。

猛然间我意识到了被抛弃的残酷性。我无法靠岸，除非碰巧随风漂上岸。读者不要忘了，我在小救生艇上漂荡了好几天，现在身体仍然很弱。我肚子空空，头脑发昏，否则会更坚强些。可是实际上，我突然哭了起来，而我从很小起就没哭过。泪水顺着我的脸颊流淌下来。绝望之中，我挥舞拳头狠捣艇底的水，用脚猛踢船帮的上缘。我大声祈祷上帝，请求上帝让我死去。

第六章
满脸兽相的船员

然而小岛的主人看见我真的在海里漂流，不禁起了怜悯之心。我往东面缓缓地漂着，往小岛斜切过去。很快，我发现那划艇掉转船头朝我开来，于是欣喜若狂地松了一口气。划艇上装载得满满的，它驶近时，我看清楚了蒙哥马利的那个白发宽背的伙伴，他和那些猎狗、行李箱挤在艇尾。那人一直盯着我，纹丝不动，一言不发。黑脸畸形人靠近美洲狮坐在艇头，也在目光炯炯地盯着我。还有三个人，都是怪里怪气的，样子像野兽。猎狗不住地朝他们狂吠。蒙哥马利在掌舵。他把船靠近我，起身抓住我的船头缆绳，拴在他的舵柄上，把我和小艇拖在后面。那划艇上一点空地方也没有了。

这时我已经从喜出望外的激动中恢复过来了。当蒙哥马利靠上前来和我打招呼的时候，我答着话，勇气满满。我告诉他救生艇里进的水差不多要满了，于是他递给我一只小木桶。两船间的缆绳骤然紧了一下，我趔趄着倒退了一步。好一阵子我都在忙着把救生艇里的水往外舀。

等我把艇底的水舀光——里面的水没了，看起来很像那么回事了——才腾出空来重新打量划艇里的那些人。

我发现那个白发人仍在目不转睛地盯着我，但这会儿看来，他好像很迷惑不解。当我们两人的目光相遇时，他垂下眼帘去看卧在双腿之间的猎狗。他身材魁梧，额头宽阔，浓眉大眼，只是上眼皮奇怪地耷拉着，人只有上了年纪才会这样。他的大嘴巴两角下垂，一幅好斗的样子。他跟蒙哥马利说着什么，声音很小，我听不见。

我的目光从他身上扫到他的三个手下身上。他们是一群古怪的水手。我只能看见他们的脸，然而这些脸上就有种说不上是什么的东西让人莫名其妙地一阵恶心。我仔细地端详着他们，那种印象还是挥之不去，但我不知道是什么原因。我觉得他们像棕色人，但奇怪的是他们的胳膊、腿，甚至手指、脚趾上都裹着一层又脏又薄的发白的东西。过去我从未见过男人这么打扮，只是在东方见过妇女披袍戴纱。这些人还裹着包头巾，双目从包头巾下打量着我。他们的脸如妖怪一般，下巴向前凸出，两眼贼亮。他们的头发又黑又直，像马鬃一样。他们坐在那里，身材似乎比我所见过的任何种族的人都高。我看得出来，那个白发人身高足有六英尺，而他坐在那里，比那三个人还矮一头。后来我才发现他们三个人没有一个比我高，但他们的上身出奇的长，大腿出奇的短，还奇怪地打着弯。不管怎么说这帮人都奇丑无比。隔着他们的脑袋，我看到那个黑脸人的眼睛在前横帆的阴影里闪着幽幽的光。

我打量着他们，这时他们的目光和我的目光相遇了，他们一个个地连忙避开我的目光，怪模怪样地偷看着我。也许是我让他们反感了吧，于是我把注意力转向越来越靠近的小岛。

小岛不高，上面草木茂盛，到处长着一种我没见过的棕榈树。从一个地方冒出一小缕白白的雾气，袅袅升向高空，像鹅毛一般飘散开来。我们驶进一个宽阔的海湾，两边是低低的海岬。暗灰色的沙滩很陡，通往一个海拔六七十英尺的小山岭。山岭上的树木、野草东一棵西一棵的，半山腰上有一个斑斑驳驳的石头围起来的方形院落。后来我才看出那是用珊瑚礁和轻质火山石砌成的。院落里隐约露出两个草屋顶。

有个男人正站在水边等候我们。船离着还远的时候，我恍惚又看到一些奇形怪状的人钻进峭壁半腰的草丛里，然而当我们靠近时，我却什么也没看到。那个男人中等身材，长着黑人的面孔，嘴巴特别大，几乎没有嘴唇，胳膊特别瘦长，双脚又细又长，两腿罗圈得像张弓。他向前探着一张多毛的脸，站在那里看着我们。他的装束和蒙哥马利还有他那位白发同伴一样，都是蓝哔叽衣裤。

船靠得更近时，那怪物开始在海滩上跑来跑去，做着极其古怪的动作。蒙哥马利一声令下，划艇里的四个人笨手笨脚地跳起来，扯下前帆。蒙哥马利驾驶着船转了一圈，将船靠到海滩上挖掘出来的窄小码头。岸上的那个人飞快地朝我们跑过来。这个“码头”其实不过是个水湾，按现在的潮位，长度刚好能容下这只艇。

我听到大船船头触到沙子的声音，忙用小水桶挡着我的小救生艇，免得撞到大船船尾的舵上，然后松开牵引绳，上了岸。那三个戴头巾的人从船里爬出来跳到沙滩上，动作十分笨拙。他们在岸上那人的帮助下马上开始卸货。我特别吃惊他们腿部的动作，活动的样子很怪，那些腿不是僵硬，而是有些变形，仿佛接错了位置。白发人牵着猎狗上了岸，猎狗挣着链子一直冲这几个人狂吠着。

那三个大块头彼此说着话，发出奇怪的沙哑声。岸上等候我们的那个人一边和他们搬运船尾上垛着的那几个大包，一边兴奋地跟他们说着什么，我觉得那是一种外国话。他们的说话声我好像在哪里听到过，却想不起在什么地方。白发人站在海滩上，手里牵着的六只猎狗狂吠乱叫，他大声呵斥着。蒙哥马利卸下方向舵，也上了岸，全体人马一起卸货。由于我长时间饿着肚子，加上太阳火辣辣地烤着我的光脑袋，身体太虚弱了，就没有上前帮忙。

一会儿，白发人好像想起了我的存在，朝我这边走来。“看起来，”他说道，“你好像没吃早饭。”

他的浓眉下面，一双黑色的眼睛闪闪发亮：“我得向你道歉。你现在是我们的客人，我们必须让你宾至如归——尽管，你不是我们请来的客人。”

他目光炯炯地盯着我的脸。“蒙哥马利说你是受过教育的人，普伦狄克先生——他说你懂点自然科学。我能问问你都受过哪些教育吗？”

我告诉他我在皇家科学院念过几年书，师从赫胥黎搞了些生物研究。听到此他的眉头微微一扬。

“要是这样的话，情况就有所不同了，普伦狄克先生。”他的话里带着些许尊重，“碰巧我们全是搞生物的。这儿是一个生物研究站，可以这么说吧。”他的目光落到了那些身裹脏白布的人身上，此刻他们正忙着搬运那头美洲狮。他们把笼子放在一些圆棍上，往院子方向拖。“我和蒙哥马利都是生物学家，至少我俩是。”他又补上一句。

然后他说道：“我不确定你什么时候能够离开这儿。我们不在航线上，大约每十二个月才能见到一艘船。”

他忽然离我而去，沿海滩向上走去，超过了那群人。我想他是进院子里去了。另外两个人正同蒙哥马利一起将一垛小件行李摞到一辆低矮的推车上。那头美洲驼和几笼兔子还在船上。那几条猎狗仍冲着船上的座板蹿跳着。三个人把货物装好，推起那辆上吨重的货车跟在美洲狮后面。这时蒙哥马利离开了他们，回头朝我走过来，并伸出了手。

“我感到很高兴。”他说，“那个船长是头蠢驴，他本不该难为你的。”

“是你，”我说，“又救了我一命。”

“那看怎么说了。我敢说，你会觉得这个岛像地狱一样怪。如果我是你，就小心行事。他……”他忽然犹豫起来，好像话到嘴边又改变了主意。“希望你能帮我搬搬这些兔子。”他说。

他处理那些兔子的方式很独特。我和他蹚水到船上，帮他把一只兔笼子抬上岸。笼子一上岸，他就打开笼门，提着笼子一头把里面的生灵都倒在地上。兔子一只压一只，胡乱挣扎，乱作一堆。他拍拍手，那些东西蹦蹦跳跳跑上海滩。我觉得有十五只或二十只。“朋友，繁衍生息吧，”蒙哥马利说，“充实充实这个岛。眼下我们这里正缺肉呢。”

我望着兔子跑远，这时白发人手里拿着一瓶白兰地和一些饼干回来了。“活命的东西，普伦狄克。”他的话比之前亲热多了。

我没客气，接过饼干就吃。白发人帮蒙哥马利又放出了二十多只兔子，但是还有三大笼兔子给搬到了放美洲狮的房子里。我没动那瓶白兰地，因为我自打出生就从不喝酒。

第七章

上锁的门

读者也许不难理解，开始的时候，周围的一切对我来说都是陌生的，我的处境是意外遇险造成的，因此我感觉不出周围的哪件事比另外一些事更怪异。我跟在美洲驼后面，沿着海滩往上走，蒙哥马利从后边赶上来，叫我不要到石墙里面去。这时我注意到装着美洲狮的笼子和一垛行李都放在院子门口。

我转过头，只见划艇里面的东西都卸完了，划艇又划出去，然后被拖上岸。白发人朝我们这边走来，他对蒙哥马利说道：

“现在来谈谈这个不速之客的问题，我们该拿他怎么办？”

“他懂点儿自然科学。”蒙哥马利说。

“我恨不得马上就工作，用那个新家伙。”白发人说着朝院子方向点点头，眼睛越发放光。

“我敢说你已经急不可待了。”蒙哥马利说道，言不由衷。

“我们不能把他送到那边，又抽不出空来为他盖一栋新棚屋，而且现在当然还不能告诉他我们的底细。”

“我任凭你们安排，”我说，不明白他说的“那边”是什么地方。

“我也在考虑这件事。”蒙哥马利答道，“我的房间有个前门……”

“就这样吧。”年长者看着蒙哥马利随声应道。于是，我们三个人朝院子走去。“普伦狄克先生，很抱歉我故作神秘，不过你要记住我们没请你来。我们这个小小的基地有点小秘密，实际上就是一种蓝胡子[1]秘室。其实对神志健全的人而言没什么可怕的，真的。但眼下……我们还不了解你……”

“那是自然的。”我说，“要是不被信任就生气，那我就是个傻瓜蛋。”

他的厚嘴唇弯了一下，算是微笑。他是那种冷面人，嘴角向下微微一撇，权当笑了。他点了点头，表示领受我的讨好之辞。我们路过院门，大门的木头又厚又重，四边包着铁皮，上了锁。划艇里卸下的货物都堆在大门外面。我们拐过弯走进一个小过道，我先前没注意这个过道。白发人从油乎乎的蓝上衣里掏出一串钥匙，打开门走了进去。他的那种眼神，以及人离开不远竟还要特意锁上门，这一切都让我感到很奇怪。

我跟随他来到了一个小套房间，里面摆设简陋，但也还舒适。

1 蓝胡子，法国一个古老故事里的人物。这个人外出旅行时，将古堡的所有钥匙都交给了新婚妻子，但不许她进入其中一间密室。出于好奇，他妻子还是打开了密室的门，发现里面有被蓝胡子杀死的六个前妻的遗骸。——译者注屋里面还有一扇门，虚掩着，通向一个铺着石子的院子，蒙哥马利赶紧把那个门关上。在屋子暗处的角落里斜拉着一张吊床，一个不大的窗户可以俯瞰大海，上面有铁栏杆，但没镶玻璃。

白发人告诉我，这就是我的房间。他说，为了防止出事，他要从外面把屋里的那扇门锁上。那扇门成了限制我深入的一道界线。他告诉我窗前有个方便躺椅，躺椅旁的书架上放了好多书。我发现那些书大都是外科手术书和希腊、拉丁文的古典原著，那些语言我读起来太费事。他从前门出去，好像有意避免再一次打开房间里的门。

“我们通常在这里用餐。”蒙哥马利说，然后仿佛有了什么疑惑似的，追着白发人走了。“莫罗！”只听他喊道。我当时并没在意。当翻弄着架子上的书时，我突然想到，以前在什么地方听到过这个名字？

我在窗前坐了下来，拿出剩下的饼干，大口嚼起来：“莫罗？”

我从窗子望出去，一个身披白布的怪人正在海滩上拖着一包东西。一会儿，他从窗前消失了。这时我听到身后有钥匙插进门锁和旋转锁门的声音。之后我听到那扇锁着的门后传来猎狗的声音。就是船上的那些猎狗，现在已从海滩上运了过来。猎狗其实不是狂吠，只是嗅，低声吼，声音煞是奇怪。只听到猎狗啪嗒啪嗒急促的脚步声和蒙哥马利的呵斥声，他要它们安静下来。

给我留下深刻印象的是，这两个人非常仔细地严守着这个地方的秘密。为什么要保密？莫罗这个名字为什么听着耳熟？这些问题让我思索了好一阵子。人的记忆力真奇特，当时这个大名鼎鼎的名字我就是对不上号。由此我又想到海滩上那个披白布的畸形人，怪怪的，令人费解。他拖箱子的姿态、步态都很古怪，我前所未见。我想起来了，这些人大多偶尔用怪里怪气的眼神鬼鬼祟祟地偷看我，但谁也没有跟我讲过话。他们的眼神全然不同于低级野兽赤裸裸的直视目光。他们看上去个个寡言少语，倘若开口，声音也是怪怪的。他们是怎么回事？我又想起了蒙哥马利那位笨仆从的眼睛。

我刚想到他，他就进来了。他身穿白衣，手端一只小托盘，上面放有咖啡和煮蔬菜。我不禁打了个寒战，往后缩了缩身子。他走上前来，谦恭地弯下腰，把托盘放在我面前的桌子上。我全然惊呆了，在他如马鬃一般的头发下面，我看到了他的一只耳朵！那耳朵突然闯入我的眼帘，就在我的面前！他的耳朵是尖的，上面长满了纤细的棕黑色绒毛。

“萨（先）生，您的早餐。”他说。

我盯着他的脸，没有答话。他转身往门口走去，边走边扭过头好奇地看着我。我看着他出了门，脑海里不由得翻滚出一串字音“莫罗——窟窿，对吗？”“莫罗？”有了！我想起了十年前的事：“莫罗恐怖事件！”这串词一时间模模糊糊地走进了我的记忆。当时我是在一本浅黄牛皮色的小册子上看到这行用红色印刷的字。只要读读那本小书，就足以令人不寒而栗。接着，我全想起来了，那本我早已淡忘的小书清清楚楚地展现在脑海里。那时我只是个少年，我想那时莫罗大约五十岁，是一位很有名气的生理学大家，他在业界以卓越的想象力和在讨论问题中无所忌讳的直率而闻名。

是同一个莫罗吗？他发表过文章，列举了一些非常惊人的有关输血的事实。此外，人们还知道，他在病变肿块方面进行着很有价值的研究，然而他的事业却戛然中断，他必须离开英国。一位新闻记者以实验室助手的身份获得了出入莫罗实验室的资格，其用意却是要揭露实验室的真相，制造轰动。凭借一次惊人的事故(如果那也叫事故的话)，新闻记者那份可恶的小书走红一时。小书出版的当天，从莫罗家里逃出一条可怜的狗，它身上的皮被剥得精光。它要是没逃跑，恐怕整个躯体都会被解得残缺不全。

正是在那段荒诞的岁月里，有位编辑大咖正好是那位实验室临时助手的堂兄。大咖编辑呼吁全英国人民发发慈悲，而慈悲被用于阻挠科研手段已不是第一次。莫罗博士被轰出了英国，也许他罪有应得。可我依然认为他的同事没有热心为他辩护，整个科学界人士见死不救，这才是令人不齿的。不过根据那位新闻记者的报道，莫罗博士做的一些实验太残忍，令人发指。也许他可以放弃研究，平息风波，但是他显然宁肯继续研究，就像大部分科研人员一样，陷入自己所从事的研究，难以自拔。他没有妻室，实实在在来去无牵挂。

我确信这就是那个莫罗，一切迹象都表明了这一点。我现在明白了那只美洲狮和其他动物是派什么用场的。现在它们和其他行李一起被搬进后院。一种淡淡的奇怪气味、某种熟悉的气味，原来一直潜藏在我的意识深处，这会儿突然蹦出来跃到大脑的表面。这是手术室里的麻醉剂气味。隔着墙壁我听到美洲狮低声吼叫；有只狗仿佛挨了一棒，号了起来。

然而在另外一个人——特别是懂科学的人——看来，活体解剖要如此保密必有可怕的原因。我的思路奇怪地跳来跳去，眼前又清晰地浮现出蒙哥马利侍从那尖尖的耳朵和贼光发亮的眼睛。我望着面前的蓝绿色海洋，微风吹过，大海涌起朵朵浪花。我的脑海中接二连三地浮现出几天来发生的怪事。

在一座孤岛上，有个上锁的院子、一个臭名远扬的活体动物解剖医生，还有一些歪胳膊瘸腿的畸形人，这一切是什么意思？

第八章
美洲狮的哀号

蒙哥马利的到来打断了我的胡思乱想。他那个怪侍从端进一盘面包、野菜和一些别的食品，还拿了一瓶威士忌、一缸子水、三只玻璃杯和三把餐刀。我瞟了一眼那个怪物，发现他那不安分的眼睛正看着我，眼神甚是奇特。蒙哥马利说要同我共进午餐，但莫罗博士工作太忙脱不开身过来吃饭。

“莫罗！”我叫起来，“我知道这个名字。”

“你到底还是知道了！”他说，“我真蠢，跟你说起他的名字，我本该想到的。不管怎么说，这会让你猜测到我们的……呃，秘密。来点威士忌？”

“不，谢谢。我从不喝酒。”

“要是我当时也不喝酒就好了。亡羊补牢，晚矣！正是贪杯这个该死的毛病把我弄到这儿来了，这个该死的毛病和那个大雾夜。莫罗博士提出能帮我逃脱处分，我觉得自己幸运极了。不过说来也怪……”

“蒙哥马利，”前门关上后，我突然开口，“你这位侍从的耳朵为什么是尖的？”

“去他的！”他嘴里含着一口饭骂道。他瞪了我半天才又重复道：“是尖的？”

“耳朵上有小尖儿。”我尽量镇定地说，呼吸有点窒息，“而且边上长着棕黑色绒毛。”

他兀自嘬了一口威士忌，又喝了点水，样子很是做作。

“我的印象是……他的头发盖住了耳朵。”

“他弯腰把你送给我的咖啡放到桌上时我看到的，而且他的眼睛在暗处闪闪发光。”

我的问题惊到了蒙哥马利。这时，他从吃惊中恢复了镇静。

“我总是想，”他带着咬舌头的口音，刻意地说，“他的耳朵的确有毛病。瞧他遮掩耳朵的那个样子……那耳朵像什么？”

他的装腔作势使我明白他是在故作不知。然而要我对他说我认为他是个骗子，却难以开口。“尖的，”我说，“有些小，长着毛，明显是毛。不过他整个人是个怪物，我从没见过这种怪物。”

身后的院子里传出一声动物尖厉粗哑的痛苦号叫，从叫声低沉的音调和音量上听得出那是只美洲狮。只见蒙哥马利眨了一下眼。

“那又怎样？”他问。

“你从哪儿搞到那家伙的？”

“呃……在旧金山……我承认，他是个丑八怪，很迟钝，记不住自己从哪儿来，这我都知道。不过我习惯他了，我们彼此都习惯了。你对他印象如何？”

“他太反常了，”我说，“他身上有点儿……别怪我胡思乱想。他一靠近我的时候，我就感觉恶心，毛骨悚然。实际上，就像碰上了鬼。”

蒙哥马利停下吃饭，听我说话。

“稀奇，”他说，“我怎么看不出？”

他说完又继续吃饭。“我不清楚，”他嘴里嚼着饭说，“木帆船上的水手……肯定有同样的感觉……拼命欺负这个可怜鬼。你见过那个船长吧？”

美洲狮突然又号起来，这次似乎更加痛苦。蒙哥马利低声骂了一句。正当我想就海滩上的那几个怪人质问他时，里面那可怜的野兽又发出一连串的哀号，短促而尖厉。

“你们海滩上的那几个人，”我问道，“是哪个种族的？”

“人不错，是吧？”他心不在焉地说。随着那头动物的阵阵尖叫，他的眉头皱得更紧了。

我不再说话。那边又传出一声更加凄惨的叫声。他看看我，灰眼睛木呆呆的。他又喝了一些威士忌，试图把我引入关于酒的话题，声称是酒救了我的命。看起来他急于强调是他救了我一命。我的答话心不在焉。

我们很快吃完饭，尖耳朵怪物把饭桌收拾干净，蒙哥马利就又把我一个人撇在房间里。听到美洲狮被解剖的号叫声，他一直难以掩饰自己的恼怒。他说不知为什么自己缺少耐性，可现在却把我一个人留在这个极度考验耐性的屋子里。

我发现那些叫声出奇地惹人心烦。整整一下午，那叫声越来越低沉，越来越凄惨。开始听上去很痛苦，但接连不断的叫声终于搅乱了我的内心。我把手里正在读的手抄本贺拉斯[1]著作扔到一边，双拳紧握，双唇紧咬，在房间里来回踱起步子。

又过了一会儿，我只好用手指堵住耳朵。

那声嘶力竭的哀号不断地撞击着我的心，最后变得极度痛苦，我再也没法在那间小屋里待下去了。我出了门，日暮前的酷热令人昏昏欲睡。路过大门的时候，我发现那里又上了锁，于是沿墙角拐了出去。

在户外，那叫声听着更响，仿佛全世界的痛苦都被这个嗓音吼出来了。然而，就算我知道这痛楚就在隔壁，但如果这痛楚是无声无息的话，我相信——从那时起我一直这么认为——我是可以心安理得地忍受的。只有当痛苦发出了呼叫，而且这呼叫令我们的每根神经颤抖起来的时候，怜悯之心才会来纠缠我们。然而，尽管阳光灿烂，绿色的大树叶在微微的海风中像扇子一样摇来摇去，可这世界还是一片混乱，黑色和红色的幽灵幻象影影绰绰，飘来荡去。这混乱情形一直持续着，直到我远离了花墙里面的那所房子，听不到那里的声音。

1 贺拉斯(Quintus Horatius Flaccus)，古罗马著名诗人、批评家，其著作《诗艺》对后世产生了巨大影响。——译者注

第九章

林中怪物

房后的山脊上灌木丛生。我大步流星地穿过灌木丛，几乎没有注意往什么地方去。灌木丛后边是一片树干笔直的密林，我穿过密林的树荫时，发现自己已翻过山脊，正在下山，往狭谷间的一条小溪走去。我停住脚步，听了听。由于我走过了很长的距离，而且山高林密，隔绝了院子里传出来的声音。林子很静。忽然，前方的草丛里传来一阵窸窸窣窣的声音，一只兔子从里面钻了出来，仓皇地从我眼前向坡上逃去。我拿不定主意往哪儿走，就在树荫下坐了下来。

这地方很惬意。溪流被两岸茂密的灌木遮住了，只在一个地方能够看到一块三角形的水流，晶莹透亮。在更远处，透过微微的蓝色薄雾，但见树藤交错；再向上望去，碧空万里。有几个地方星星点点，有白色的，有猩红的，那是藤蔓类植物的花朵。我饱览了这里的景色，接着脑子里又翻腾起蒙哥马利侍从的怪异之处。不过天太热了，容不得细想。不一会儿，我陷入了似睡非睡的平静状态。

不知过了多久，我被小溪对面草丛里的窸窣声吵醒了，一时间只看见芦苇蕨草摇来摆去。突然，在小溪岸边出现了一个东西，起初我看不出那是什么，它把头探向水中开始喝水。后来我看出来了，那是个人，但他四肢趴在地上，像动物一样！

他身穿浅蓝色衣服，皮肤呈古铜色，头发是黑的。丑得离谱似乎是这里岛民的特点，无一例外。我听得到他嘴唇间发出的饮水声。

我探身向前，想一看究竟，手却碰掉了一块火山石，石块噼里啪啦滚下山坡。那人不好意思地抬起头，我们的目光相遇了。他赶紧爬起来，注视着我，笨拙地用手抹了抹嘴巴。他的腿还不到上身的一半长。我俩面面相觑了一会儿，随后他从我右边的草丛中溜走了，中途停下来回头张望了一两次，树叶的沙沙声越来越远，渐渐消失。他早已跑没影了，我还坐在那里望着他远去的方向。此刻的我早已睡意全消。

这时，身后的响动吓了我一跳。我猛地转身，看见一只白兔子摇着尾巴往坡上跑去。我一下子从地上跳了起来。

那半人半兽怪物的鬼影搅乱了我下午的宁静。我向四周望了望，心情有些紧张，后悔没带枪来。但转念一想，刚才看见的那个人身穿浅蓝色衣服，不像野人一样一丝不挂，我便安慰自己，从他穿着衣服这一事实来看，他很可能是个和善的人，他那脸阴沉的凶相不过是个假象。

不过那个鬼影还是把我搞得心神不宁。我沿着山坡往左边走去，不住地环顾四周，这边看看，那边瞧瞧，观察着树林深处。他若是人，怎么会用四条腿走路，用嘴唇喝水呢？不一会儿，我又听到动物的哀号，心想可能是美洲狮吧，就转身往与那声音截然相反的方向走去。就这样，我走下山坡，来到小溪边，然后跨过小溪，穿过小溪对岸的灌木丛。

地上有一大片鲜红色的东西吓了我一跳，走近一看，原来是一种奇特的菌。它的枝干和皱巴巴的叶子像地衣，但一碰就化得黏糊糊的。在一堆蕨草的阴影下面，我碰到了一个个令人不愉快的东西，是只死兔子，上面伏满亮晶晶的苍蝇。死兔子仍有热气，头却被揪掉了。我停住脚步，望着四溅的鲜血，心里直犯恶心。看来至少有一个岛外来客在这里被干掉了。

四周没有其他施暴的迹象。看起来这只兔子是被人猛地捉住、立刻杀死的。我望着这具毛茸茸的小尸首，心中算计着杀死这只兔子有多难。打从溪边看见那个兽面人，我脑海里就模模糊糊涌出一种恐惧，现在这种恐惧变得清晰了。我开始意识到自己在这帮底细不明的人当中探险，简直是吃了豹子胆。随着我的想象，周围的树丛变了模样。每个阴影都远不止是个简单的阴影，而是隐藏杀机的埋伏；草丛里每个声响都蕴藏着危险。似乎有什么看不见的东西在盯着我。

我决定回到海滩上的院子里去，于是猛地转过身，冲进草丛，都有点歇斯底里了。我急于重新找到一块清静的地方。

在一块开阔地边上，我及时地收住了脚步，避免暴露自己。这片林间开阔地是瀑布形成的沼泽，杂草已开始往这边蔓延，竞相占领了这片空地。空地的对面又是密密麻麻的树干、弯弯曲曲的藤蔓、铺天盖地的伞菌和繁茂芜杂的花草。在我前面有一棵倒在地上的巨型大树，上面长满伞菌，三个人形怪物坐在大树干上，一点儿没有察觉到我的到来。

其中的一个显然是女的，另两个是男的。他们几乎全裸，只在身体中段裹着红布。他们的皮肤是那种发暗的粉红偏黄褐色，我过去从未见过野人有这种肤色。他们的脸肥肥大大，没有下巴，前额后倾，头上稀稀拉拉地长着又短又硬的头发。我还从来没见过这样的兽形怪物。

他们正在交谈着，至少是其中一个男的在对另外两个人讲话。三人谈兴正浓，没有注意到我走近的声音。他们摇晃着脑袋和肩膀。说话人的声音厚重，漫不经心。尽管我能听得一清二楚，却听不懂他在说些什么。我觉得他似乎在背诵什么复杂的东西。忽然，他摊开双手，站起身来，嗓音变得尖利起来。

这时，另外两个也随他站起身来，摊开双手，开始齐声咕噜起来，并且合着咕噜的节奏晃动身体。我注意到他们的腿短得不成比例，脚细长而笨拙。那三个人慢慢地围成一圈，抬脚，跺脚，摇摆双臂。他们有节奏的朗诵渐渐汇成一种曲调，每过一段就重复吟唱一遍“阿鲁拉”或“巴鲁拉”什么的。他们眼里开始闪闪发光，丑陋的脸上绽开奇怪的愉悦表情，口水从没有嘴唇的嘴里滴下来。

看着他们怪诞、莫名其妙的举动，我突然茅塞顿开，第一次明白了自己不愉快的原因，明白了是什么使我产生了两种相互不一致、相互冲突的印象：既有全然陌生的感觉，又有一种十分奇怪的似曾相识的感觉。正在举行神秘仪式的那三个家伙体形像人，却让人产生一种奇怪的感觉：他们很像某种熟悉的动物。尽管他们个个有人形，裹着布片，透出某种人性，可是在一举一动之间，在面部表情和整体形象当中，还是让人不可避免地觉出他们是猪，具有猪的特点和确凿无疑的兽类特征。

我愣愣地站在那里，被这个惊人的发现震住了。接着，最可怕的疑问涌入我的脑海。那几个人开始向上蹿跳，先是一个，接着都跳了起来，一边跳一边激动得像猪一样大声哼叫。其中一个滑倒了，一时四腿着地，但马上就爬起来了。这几个人在刹那间表现出来的真实兽性已足以说明问题。

我蹑手蹑脚地走开，尽量不弄出声响。每当碰断树枝或弄响树叶的时候，我就僵立不动，以免被他们发觉。我又走回了灌木丛。走了好久，我的胆子才大了起来，恢复了往常的步态。这时，我唯一的想法就是离开这些丑八怪，却没留意到已经来到林子里一条隐约可见的小径。穿过一块小空地时，我吃惊地发现空地对面的树丛里有两条笨拙的腿，正悄悄地在与我平行的路上移动着，离我约三十码远。那东西的头部和上身被藤蔓遮住了。我猛地停下脚步，希望那怪物没发现我。但那双脚也停住了。我很紧张，好不容易才控制住了撒腿逃跑的冲动。

透过纵横交错的树枝和野草仔细看去，我认出那个脑袋和那个身子，就是我刚才看见的喝水的那个野人。他在斑驳的树影里转过头来，往我这儿看，眼睛里闪着绿宝石似的光。他把头转开，眼里的那种半透明的光芒就消失了。他一动不动地站了一会儿，又悄无声息地钻进绿色树丛，一会儿就消失在矮树丛后面了。虽然我看不见他，但能感觉到他又停下了脚步，在观察我。

他究竟是什么？是人还是兽？他想从我这儿得到什么？我没有武器，连根棍子也没有，逃跑就等于发疯。不管怎么说，那个东西——且不管他是什么——还没有胆量来攻击我。我咬紧牙关迎着他走过去，努力掩饰让我脊梁骨都发凉的恐惧。我钻过高高的、乱蓬蓬的、开着白花的灌木丛，那怪物在对面二十码的地方，正扭过头犹豫不决地望着我。我向前跨进了一两步，直视他的眼睛。

“你是谁？”我问道。

他努力迎接我凝视的目光。

“不！”他突然冲口而出，扭头窜进草丛里，可后来他又转过身来瞪着我，两只眼睛在黄昏的树影里幽幽地闪着光。

我的心提到了嗓子眼，但觉得摆脱他的唯一希望就是把他吓倒，于是我稳步朝他走去。他又转身消失在黄昏里。我觉得又看见了他眼睛的闪光。但是我所见的也就只有这些了。

我第一次意识到，天色晚了会给我带来多大的危险。太阳落山已经有一会儿了。热带的黄昏稍纵即逝，东边的天空已经暗淡。一只最先出来的夜蛾在我的头顶上静静地飞来飞去。我如果不愿意冒着未卜的危险在这个神秘的林子里过夜，就必须马上赶回院子里去。

一想到要返回那个令人心碎的“收容所”，我心底就泛起好大的不乐意。当然我更不愿意在天黑以后仍待在野外，去经历黑暗掩盖下的一切危险。我往吞噬怪物的蓝色树影看了最后一眼，然后返身朝着溪流方向往山下走，按照自己的判断，走向来时的方向。

我急匆匆地走着，对所遇到的事情十分不解。很快，我来到一块稀疏树林之间的平地。落日的红光收尽后，五彩的颜色变成了单一的暗色。头顶上的蓝天变得更加深邃，小星星眨着眼睛从越来越暗的天空中显现出来。树木间的空隙、远处的植被在白昼间显得朦胧幽蓝，而现在变得黑压压的，神秘莫测。

我继续往前走。世界的颜色已全部褪尽。树梢耸入暗蓝色的天空，形成墨色剪影，树梢轮廓下面全部融进一片黑暗之中。我走了一会儿，树木变得稀少，杂草茂盛。我走过一块孤零零的白沙空地，又走过一片灌木丛生的地带。

从我右边传来轻微的簌簌声，让我心烦意乱。开始我以为是幻觉，因为我一停下脚步，那声音就没有了，只有晚风吹动树梢的沙沙声。可是我一迈步，就又响起了脚步的回声。

我离开灌木丛，沿开阔地走，不时地猛然转身，好趁其不备看看是什么东西在跟踪我。如果确有什么跟踪的话，也好避免他在我不知不觉中悄悄地扑到我身上。我什么也没发现，但我越来越强烈地感觉到有个东西存在。我加快了步伐，不一会儿就来到了一个小山脊上。我翻过山脊，猛地回转身，死死盯着山顶。衬着幽蓝的夜空，山脊的轮廓漆黑清晰。

这时,山脊上鼓起一团黑影,转瞬不见了。现在我确信无疑了，那位褐面对手又在跟踪我了。而且这时我又发现了一件倒霉事：我迷路了。

我乱走一气，心乱如麻，身后是诡秘的跟踪者。不管那家伙是什么，他要么不敢向我进攻，要么准备趁我不备干掉我。我固执地沿开阔地走，不时地转过身去听一听动静。我甚至有点儿觉得，“尾巴”已经放弃了跟踪，或者那不过是我变态想象的产物。这时，我听到了大海的声音，于是加快了脚步，差不多跑了起来。我身后也马上响起了跌跌撞撞的声音。

我忽然转过身，瞪着身后隐约可辨的树林。一个黑影似乎跳进了另一个黑影之中。我全身绷紧，仔细倾听，却只听得见耳朵里血液涌动的声音。我想也许自己的神经出了问题，或者想象力在戏弄我，就转过身去，坚定地朝着大海的响声走去。

走了一两分钟，树木渐少，我来到一块伸向黑色海水的光秃秃的低矮海岬。夜，无风无云，星星越来越多，他们的倒影在平缓起伏的海面上抖动。不远处，海水拍打着崎岖的礁岸，泛出苍白的亮光。西边的天上，黄道光与晚星璀璨的光交相辉映。东面的海岸延入夜色，西边的海岸被海岬遮住了。这时我记起莫罗的海滩在西边。

我身后传来一声树枝折断的声音，接着是瑟瑟的响声。我转身盯着黑幽幽的树林，却什么也看不见，抑或说我能看见的东西太多了。黑暗中每一团模糊的影子都像不怀好意，似乎都在警惕地窥视着我。就这样我站了大约一分钟，然后继续盯着树林，转身向西，开始穿越海岬。我刚一动身，阴影里的一团黑影就跟了上来。

我的心怦怦直跳。不一会儿，西边宽阔的海湾清晰可见，我又停住了脚步。那团悄无声息的黑影也在离我十几码远的地方停了下来。弯弯的海湾远处闪烁着一个小光点，一片灰色的海滩躺在暗淡的星光下。那光点离这儿大约两英里远。要想到达那块海滩，我必须穿过黑影绰绰的树林，走下杂草丛生的山坡。

这会儿，我看那东西看得更清晰了。他绝不是个动物，因为他是直立的。见此情形，我刚想开口说话，却发现嗓子眼儿堵了一口痰，发不出声音。我清了清嗓子，喊道：“谁在那儿？”没人回答。我往前走了一步，那东西没有后退，只是把身子蜷缩了起来。这时，我的脚踢到了一块石头。

这一下提醒了我。我两眼盯着跟前的黑影，俯身拾起这块石头。但那东西见到我的举动，就像狗一样猛地转过身去，鬼鬼祟祟地溜进远处的黑暗里，我想起学校里的男孩子对付大狗的应急办法，就把石头包在手绢里，拧成一个球，缠在手腕上。我听到黑影里的响动走远了，好像那家伙在后退，刚才的紧张感突然离我而去，我顿时大汗淋漓，颤抖不止。敌人被我吓跑了，我手里仍攥着武器。

过了好一阵子，我才打定主意，穿过海岬上的林子和灌木丛走到沙滩上去。我终于还是跑了起来。当我钻出丛林来到沙滩上的时候，听到身后有人跌跌撞撞地赶来。

我一下子吓昏了头，开始沿沙滩狂奔起来，身后立刻响起轻快的啪嗒啪嗒的脚步声。我惊恐地大叫一声并加快了脚步。在奔跑的途中，我看到一些比兔子大三四倍的黑乎乎的东西，正从海滩蹦蹦跳跳地跑向灌木丛。只要我还有一口气，就忘不了那次被追赶的恐惧。我在水边飞跑，不时听见身后追踪者踏到水中的溅水声，那声音离我越来越近。远处亮着昏黄的灯光，可那是多么遥远啊！四周的夜漆黑静寂。啪嗒啪嗒，追踪者的脚步声离我越来越近，我很久没有锻炼了，只觉得喘不过气来，吸气带着哨音，而且腰也开始刀削般地疼痛起来。我意识到那东西会在我远未到院子之前就赶上来。于是，在绝望之中，我呼哧呼哧地喘着气，猛地转过身来，使出全身的力气，朝追赶上来的那东西猛击。我出手时，把那块石头从手绢里甩了出去。

那家伙一直四脚着地跑着追我，见我转身，便立起身来，我的石块正好打中他左面的太阳穴，他的头“咚”的响了一声。兽人撞到我身上，把我推了个趔趄，他的脸冲下，一头栽到水里，一动不动了。

我没有勇气走近那团黑影。星光下，海水在它周围泛着涟漪，又离它而去。我朝透出昏黄灯光的房子走去。这时，我听到美洲狮可怜的呻吟声，但这一次却让我放心地舒了口气。恰恰是美洲狮的哀号赶我出门，去探索这座神秘的岛屿。听到美洲狮的叫声，我不顾已经头昏眼花、精疲力竭，可着劲儿地朝灯光跑去。我觉得好像有个声音在呼唤我。

第十章

人的哀叫

离房子越来越近了，我发现那亮光是从我房间敞开的门照出来的。我听到蒙哥马利的声音在喊“普伦狄克”，声音从橘黄色长方形光侧旁的暗影里传来。

我没有停下脚步，继续奔跑，没多一会儿，又听到了他的喊声。我微弱地应了一声“嗳！”便踉踉跄跄地跑到他面前。

“你到哪儿去了？”他问道，一把扶住了我，门里透出的灯光刚好照在我的脸上，“我们一直很忙，直到半小时前才想起你来。”

他把我扶进房间，让我坐在躺椅里。一时间，我的眼睛被明亮的灯光晃得什么也看不清。“我们没料到你会不跟我们打个招呼就到岛上四处乱转。”他说道。接着他又说：“我真为你担心！可是……怎么了……嗯？”

支撑我的最后一点力量也溜光了，我的脑袋耷拉到了胸前。他给我喝了点白兰地。我觉得他很乐于这样做。

“看在老天的分上，”我对他说，“把门锁上。”

“你遇到了一些奇怪的东西，是不是？”他问道。他把门锁上后，又回到我身边。他没再问什么，又给我喝了一些加水的白兰地，并逼着我吃了点东西。我心力交瘁，瘫坐在那里，听他含含糊糊地说忘了提醒我，并简单地询问我是什么时候离开屋子的，在外面看见了什么。我也断断续续地做了简单的回答。

“告诉我这究竟是怎么回事？”我要发疯了。

“没什么可怕的，”他说，“不过我想这一整天也够你受的了。”美洲狮突然痛得大叫一声。蒙哥马利低声骂起来，“真见鬼！”他骂道，“这地方简直比猫咪乱窜的高尔街还要糟！”

“蒙哥马利，”我问道，“跟踪我的是什么东西？是兽还是人？”

“你今天晚上要是不睡觉，”他说，“明天就会疯的。”

我在他面前站了起来。“跟踪我的是什么东西？”我问。

他瞪着我的眼睛，嘴巴又扭曲了，刚才还炯炯有神的眼睛暗淡下来。“从你的描述来看，”他说，“我想那是个妖怪。”

我一时怒火中烧，但一会儿又平静了下来。我重重地重新坐到躺椅上，双手捂住前额。美洲狮又开始哀叫。“听我说，普伦狄克，”他说，“我无意让你漂泊到我们这座糟糕的岛上，不过情况没有你想象的那么糟。你的神经错乱了，我给你些催眠的东西。那叫声……还得持续几个小时。你必须赶快睡觉，不然我可不为因此产生的后果负责任。”

我没有回答他的话，只是向前探了探身子，两手捂着脸。他回屋时，端来一小杯黑色液体递到我面前，我毫无反抗地喝了下去，他又扶我躺进吊床里。

当我醒来时，天已大亮。我平躺在床上，望了一会儿上方的屋顶，我注意到房椽是船上的木材。我转过脸来，看见桌子上已摆好了早餐。这时我觉得肚子饿了，就准备爬下吊床，而那吊床也真够客气的，似乎早知我意，直接翻了过来，把我掀了个五体投地。

我从地上爬起来，坐到早餐桌前。我的头很沉，起初只记得一星半点儿头天夜里发生的事。惬意的晨风从没有玻璃的窗户徐徐吹进来，早饭更增添了我作为动物的满足。不一会儿，身后的门——从屋里通向院子的那扇门——打开了。我转过身去，看到了蒙哥马利的脸。

“还好吧？”他问道，“我忙死了。”说完他关上了门。后来我发现，他忘了把门锁上了。

这时，我想起了昨天晚上他脸上的表情，由此，我所经历的一切也一件一件地回忆起来了。就在我重新感到恐惧的时候，院子里又传来哀号。可这次不是美洲狮的声音。

我把举到嘴边的食物放下，侧耳细听，除了晨风沙沙的声音什么也听不到。我开始想是不是我的耳朵欺骗了我。

过了好长时间我才重新吃饭，耳朵却一直保持警觉。我听到另外一种声音，很低，很弱。我坐在那里，像被冻住似的。到这时为止，我听到了墙后面传来的各种各样令人讨厌的声音，虽然这会儿的声音又弱又低，却更深刻地打动了我。从断断续续的微弱声音的音质中，可以准确无误地判断出这是什么声音。那声音在呻吟，夹杂着痛苦的抽泣和喘息。这次绝对不是野兽，而是一个人在倍受折磨时发出的声音！

意识到这一点，我立即站了起来，三步两步穿过房间，一把抓住通向院子的门把手，猛地把门拽开。

“普伦狄克，咳！别进来！”蒙哥马利上前拦阻道。一只受惊的猎狗狂吠起来。只见水池里满是血，有棕色的，也有猩红色的，还有碳酸的特别气味。对面敞开的门里，在幽暗的光线下，我看到有个东西被绑在一个架子上，无比痛苦的样子。它遍体鳞伤，肉皮红红的，缠着绷带。这时，莫罗的脸出现了，挡住了我的视线，他的脸白得吓人。

接下来，他用一双沾满血污的手抓住我的肩膀，猛地把我的身体扭转过来，一把把我推回房间。他揪着我的时候，就像揪一个小孩子。我扑倒在地，门“砰”的关上，也把他满脸的愤怒给挡住了。我听到了钥匙在门锁里的转动声和蒙哥马利的劝告声。

“把我一辈子的辛苦都给毁了！”我听见莫罗说。

“他不懂。”蒙哥马利说。别的话我就听不清楚了。

“我还腾不出时间来。”莫罗说道。

后面说的什么我没听清。我从地上爬起来，浑身发抖，脑子里一片混乱，都是些最可怕的念头。我想，这里会不会是在解剖活人？这个问题像一道闪电划过乌云翻卷的天空。蓦地，我头脑中那片片恐怖的疑云骤然凝缩成一个清晰的意识：我处在危险之中。

第十一章
追捕

我不顾一切，只想逃走，这使我想起外面的门还开着。现在可以肯定，而且绝对不会有错，莫罗一直在解剖活人。自从我听到他的名字，就一直觉得这些岛民古怪的兽性与他的令人厌恶的研究存在着某种联系。我想现在一切都明白了，我想起了他曾经从事的输血方面的研究。我亲眼见到的那些怪物正是某个可怕实验的牺牲品。

这些讨厌的恶棍不想让我知道内情，他们做出一副保密的姿态来迷惑我，然后就会对我下手，给我带来比死亡还要可怕的命运。他们会折磨我，折磨够了之后，能想象得到，会是对我的最大污辱，把我这个失去灵魂、野兽模样的人赶出来，让我去与考莫斯神的兽群为伍。我环顾四周，想找件武器，可什么也没找到。这时，我灵机一动，把躺椅翻过来，一脚踩着椅子的一边，把躺椅的扶手拽了下来。一根钉子恰巧随扶手一起被拔了出来，钉子尖凸露着，使本来不起眼的木棒平添几分可怕的色彩。这时我听到门外有脚步声，于是猛地把门打开，发现蒙哥马利站在一米开外的地方。他想从外面把门锁上。

我举起带钉子的木棒朝他脸上劈去，但他往后一闪，躲开了。我迟疑了一下，然后转身就逃，拐过了房角。

“普伦狄克，伙计！”只听他吃惊地叫道，“别犯傻，伙计！”

我想，再晚一会儿他就会把我锁在屋里，我就会像医院里做实验用的兔子一样等死。他追出了房角，大喊：“普伦狄克！”接着一边跑一边呼喊着向我追来。

这一次，我盲目地朝东北方向跑，跟我上次探险的方向成直角。我往海滩狂奔，途中回头看了一眼，只见蒙哥马利的用人也跟着追来了。我拼命跑上一个山坡，翻过去，沿东面丛林之间的石头山谷跑去。我一气跑了大约一英里，只觉得胸膛发紧，耳朵里突突响着心跳的声音。我听不见蒙哥马利和他用人的动静了，而且累得半死，于是按照我的判断，三步两步折向海滩，在一片甘蔗林里找了个藏身之处躺了下来。

我躺了好长时间，根本不敢乱动。我太害怕了，甚至没法想下一步该采取什么行动。阳光下周围的荒野似乎睡着了，悄无声息。近旁能听到的唯一声音就是那些已经发现了我的小昆虫在嗡嗡地叫着。过了一会儿，我又听到一种催人昏睡的喘息，以及沙滩上的潮汐声。

过了大约一小时，我听到蒙哥马利在北面的远处大声喊我的名字，这时我才开始思索下一步该怎么办。当时我认为，这座岛上只住着两个解剖活人的家伙和被他们兽化的受害者。毫无疑问，如有必要，他们可以迫使那些受害者来对付我。我知道蒙哥马利和莫罗都有手枪。我呢，除了那根不堪一击的、带着钉子的“狼牙棒”外，一无所有。

于是，我索性在原地躺着，直到又饥又渴。这时我才真正意识到自己的绝望境地。我根本不知道怎么找东西来充饥。我对植物学一无所知，弄不清身边有没有可吃的草根和野果，也没有在岛上捕猎兔子的器具。我越想越觉得心里没谱。最后，在绝望之中，我想到了曾经遇到的那些兽人。我拼命地回忆，想在它们身上找到点希望。我在脑海里把它们一个一个过了一遍，希冀从记忆中找出可以从它们那里获得帮助的证据。

突然，我听到猎狗的叫声，意识到有新的危险。没有时间多想，不然就会被他们抓住了。我抄起那根钉头棒，离开藏身之处，朝有潮汐声的方向跑去。我记得有一片荆棘丛，长着像刀一样锋利的刺。待我穿过这片荆棘丛、踏上往北流去的海汊岸边时，衣服全被刮破了，身体被划得鲜血直流。

我毫不犹豫地走进水中，蹚着海水往上游走，很快来到一条齐膝深的小溪。我终于踉跄着爬上西岸，耳朵里响着心脏剧烈的跳动声。我爬进一丛羊齿草，在那里等着看接下来会发生什么。只听得那狗越来越近，只有一条狗，它走到荆棘丛边又叫了起来。

此后，我听不到狗叫了。须臾，我认为自己已经逃出来了。时间一分钟一分钟地过去，寂静也在一分钟一分钟地延长，有了大约一个小时的安全感之后，我的勇气终于开始复苏了。

到这时候，我已经觉不出是极度害怕还是非常难受，似乎已经超越了害怕和绝望的极限。我觉得我的生命实际上已经不存在了，这让我敢于面对一切。我甚至有点想和莫罗撞个满怀，跟他当面决一雌雄。我蹚进水中的时候，想到了一个主意：如果他们把我逼急了，至少有一条路可以确保我逃离苦难——他们无法阻止我投海自尽。我当时就有点想自尽，不过我还有个古怪的愿望，想看看这次历险会是怎样的结局。这是一种奇特的旁观者的兴趣，这种愿望和兴趣使我没有马上自尽。我伸展了一下被荆棘刺痛的四肢，张望了一下周围的树木。突然，我发现绿色树丛中有张黑脸正盯着我，它就像从一片绿色中跳进了我的眼帘。

我看出来那是个长得像猿的怪物，曾在海滩上迎接我们的划艇。它悬在一根棕榈树的斜枝上。我攥紧了手里的棍子，站直了身子，眼睛直盯着它。它叽叽喳喳地说起话来，起初我只能听出“你，你，你”来。突然，它从树上跳了下来。不一会儿，它又拨开枝叶好奇地打量着我。

我不像讨厌其他兽人那样讨厌它。“你，”它说道，“在船上。”这么说，它是个人，至少跟蒙哥马利的仆从一样具备人的特征，因为它会说话。

“是的，”我说，“我是坐小艇来的。下了大船以后。”

“哦！”它说道，一双明亮的眼睛不安分地上下打量着我，打量着我的手、我手里的木棒、我的脚、我衣服撕破的地方，还有被荆棘割破蹭伤的部位。它好像对什么事情迷惑不解，它的视线回到了我的手上。它伸出自己的手，慢慢地数起了手指：“一，二，三，四，五，对不对？”

我当时弄不懂它是什么意思。后来我才发现许多兽人的手都是畸形的，有的少三个手指。可是我当时猜想这是一种打招呼的方式，就也用数手指头作为应答。它非常满足地咧嘴乐了。随后，它那不安生的眼睛又四处打量了一番。它动作迅速，一下子就不见了。它跑时分开的羊齿草嗖的一声合起来了。

我跟在它身后走出了蔗林，惊讶地发现它正用瘦长的单臂抓着从树冠里蜿蜒搭下来的藤索，兴高采烈地荡来荡去。它正好背对着我。

“喂！”我喊道。

它旋转着跳了下来，脸冲着我站在我的面前。

“我说，”我问道，“到哪里能找点吃的？”

“吃！”它说道，“现在吃人饭了。”它的视线又回到了藤索秋千，“到窝棚去。”

“可是窝棚又在哪里呢？”

“噢！”

“我是刚来的，你知道。”

听我这样说，它猛地转过身去，急匆匆地走了起来。它所有的动作都快捷得出奇。“跟我来。”它说道。我随它而去，准备冒险冒到底。我猜想，窝棚应该是它和其他兽人居住的粗陋小棚子。到那儿我也许会发现兽人很友好，发现某种可以控制它们心灵的东西。我当时不知道，它们身上的人类特征比我认为的还差得好远。

我那猿猴长相的伙伴在我身旁快步走着，两只手下垂，下颌前探。我想知道它心中还有哪些记忆，“你来岛上有多长时间了？”我问道。

“多长时间？”它反问道。重复了一遍这个问题之后，它伸出了三个手指头。这怪物比白痴强不到哪儿去。我想弄清楚它伸出三个手指头是什么意思，结果它好像烦了。我又问了一两个问题，可是它突然从我身边跑开，跳起来去够树上垂下来的水果。它摘下一把带刺带皮的水果，边走边剥，吃着里面的果肉。我满意地注意到这一点，因为这至少说明它们有的吃。我又试着向它提了几个问题，可它哇啦哇啦的快速话语往往答非所问。有几个回答还算贴边儿，但另外一些简直就是鹦鹉学舌。

我的精力集中在这些咄咄怪事上，没太注意我们走过的路。过了没多久，我们走到一片烧成黑褐色的树林，接着来到一片有黄白色硬土壳的不毛之地。一阵阵呛鼻子、辣眼睛的烟雾在这片不毛之地上飘荡。右面，越过一片岩石山脊，可以看到蓝色的海面。这条路突兀地蜿蜒而下，伸入一条狭窄的溪谷，溪谷两侧是嶙峋的黑色火山渣。我们沿路闯进溪谷。

刚才太阳很亮，加上硫黄岩的反射，强光刺眼，突然走进谷底小径，感觉黑得出奇。溪谷两壁越来越陡峭，越来越狭窄。绿色和深红色的斑块从我眼前飘过。我的向导突然停住脚步。“到家了。”它说道。我站在谷底，起初眼前一团漆黑。我听到了一些古怪的声音，就用左手的指关节用力揉眼睛。我还闻到了一股难闻的气味，就像长期没有打扫的猴笼子的味道。在远处，溪谷的另一头也有一个出口，一道缓坡上葱郁的树木沐浴着阳光，光线从狭窄溪谷的顶端两侧照进来，穿透谷底中部的幽暗。

第十二章

诵唱法规

这时，一个冰冷的东西碰到了我的手。我赫然一惊，发现有一只粉红色怪物紧挨在我身边，看上去就像一个被剥了皮的孩子。这怪物的长相跟树懒一模一样：前额很低，行动迟缓，一脸温和却令人讨厌。我适应了刚才的光线变化之后，对周围的东西看得清楚多了。那小树懒似的怪物站在那里盯着我，而我的向导却不见了。

这是一条狭窄的通道，两侧是熔岩形成的高高的石壁。这条通道像熔岩纵横流淌时形成的缝隙。紧贴着两壁的石崖、海草、棕榈树叶和芦苇枝叶交错，形成乱蓬蓬的幽暗深邃的巢穴。夹在草木丛中的小径不到三米宽，腐烂的水果和其他垃圾一堆堆地摊在路面上，臭气就是从这个地方发出的。

粉红色的小树懒仍在冲我眨眼睛。这时我的猿人向导从近旁的一个洞口走了出来，示意我进去。就在它冲我示意的时候，一个耸着肩耷拉着脑袋的怪物从这条怪异的街道稍远处的一个洞里扭动着爬出，站起身来看着我。它背后是绿色强光，所以只能看到它的剪影，看不清楚它的脸。我犹豫了一下，有点想顺原路一溜了之，可转而一想，冒险冒到底，于是手攥钉头棒的中部，跟着向导爬进了一间臭气熏天的单坡顶小棚子。

棚子里面呈半圆形，形状像半个蜂房，靠岩石墙边堆着各种颜色的水果、椰子果和其他食物。地上到处都是用熔岩和木头粗制滥造的器皿，其中一个放在一条粗糙的凳子上。棚子里没有灯火，在最暗的角落里坐着一团黑影，我爬进来的时候冲我“嗨”了一声。我爬到棚子的另一个角落，蹲了下来，猿人站在门口暗淡的光亮里，递过来一个劈开的椰子。我接了过来，尽管紧张得有些发抖，而且窝棚里闷得难受，但我还是尽可能平静地嚼啃着。那小树懒一样的怪物站在窝棚门口，另一个长有淡褐色脸、一双明亮眼睛的怪物站在它身后往里看。

“嗨，”对面那团神秘的黑影又哼了一声，“他是人！是人！”我的向导急匆匆地说道：“是人，是人，是个活人，像我一样。”

“闭嘴！”黑影里的声音说道，接着便哼哼起来。我在令人尴尬的寂静中嚼着椰子。我努力向那边的暗处瞅去，却什么也看不清。“这是个人，”那声音又说话了，“他是来跟我们一起住的吗？”

那声音很粗，但音质里带着一种哨音，听起来很怪，不过那英国口音却出奇的纯正。

猿人看着我，好像有所期待。我意识到这停顿当中蕴含着质询。“他是来同你们一起生活的。”我回答道。

“这是个人。他必须学习我们的法规。”

我又从黑暗中看到一团更黑的影子，一个驼背人的模糊外形。接着，我注意到门口挤满了脑袋，窝棚里更暗了。我把木棒攥得更紧了。暗处的怪物又大声说话了：“背出那些法规。”

我没听懂它说的话。

“不得四脚爬，这是法规。”它吟唱似的重复道。

我迷惑不解。

“背出那些法规。”猿人重复道。站在门外的那些兽人一起用不同的声音威胁着，重复同样的命令。我意识到我不得不跟着说这白痴般的法规。然后，一种傻得不能再傻的仪式开始了。

暗处的声音开始一行一行地吟唱一种疯癫癫的祷文，然后我和其他兽人重复一遍。它们一边吟唱，一边晃着身子，用手拍打着自己的膝盖，我也学着他们的样子。我当时觉着自己已经死去，来到了另一个世界：幽暗的窝棚，奇形怪状的模糊身影，到处摇曳不定的光斑，大家动作整齐划一地摇摆着，吟唱着：

“不得四脚爬，这是法规。难道我们不是人吗？”

“不得舔水喝，这是法规。难道我们不是人吗？”

“不得吃肉和鱼，这是法规。难道我们不是人吗？”

“不得抓挠树皮，这是法规。难道我们不是人吗？”

“不得追赶其他人，这是法规。难道我们不是人吗？”

就这样，从禁止这类愚蠢行为，到禁止一些我当时认为最疯狂、最不可能发生和最令人不齿的行为，一种充满节奏感的狂热攫住了大家。我们越说越快，身体越摇越快，重复吟唱着这怪诞的法规。表面上看，我被这些兽人的热诚感染了，然而在内心深处我却感到又好笑又恶心。

我们唱完了一长串禁律，就转而吟唱新的法规：

“他的屋是疼痛屋。”

“他的手是创造的手。”

“他的手能伤害人。”

“他的手能治愈人。”

如此这般，又是长长的一串，在我听来，不管这个“他”是什么，这些关于“他”的颂词简直莫名其妙。我本以为这是场梦，可我在梦中从来不会听到吟唱。

“他的眼睛是闪电，”我们吟唱道，“他的知识如那深深的咸水海洋。”

一种可怕的设想浮现在我的脑海：莫罗将这些人动物化之后，又给它们并不发达的大脑注入神化他的观念。尽管我脑子里这样想，可我清楚地意识到身边白灿灿的利齿和强健的利爪不是好惹的，所以并没有停止吟唱。“他的智慧是天上的星辰。”

吟唱终于结束了。我看到猿人脸上的汗珠闪闪发光。这会儿，我的眼睛适应了黑暗，能把角落里那说话的身影看得愈发清楚了。

那怪物像人一样大小，好像长着暗灰色的毛，有点像斯凯梗犬。那是什么？它们都是什么呢？想象一下，如果你的身边围满了无比恐怖的瘸子和疯子，你就会稍稍理解我与这些人形怪物在一起时的心情了。

“他是五指人，五指人，五指人……跟我一样。”猿人说道。

我把手伸出来。角落里那个暗灰色的怪物向前探出身来。“不得四脚爬，这是法规。难道我们不是人吗？”他说道。它伸出一只奇形怪状的爪子，抓住了我的手指头。这爪子好像是鹿蹄剁成的。我又惊又疼，差点叫了出来。它把脸伸到从棚门照进的光亮里，打量我的指甲。这张脸既不像人，也不像兽，而是一团灰毛，只有三个拱形的暗洞表明眼睛和嘴的位置。

“他的指甲很小，”那可怕的怪物透过长长的胡须说道，“这还不错。”

它甩开了我的手。我本能地抓住了木棒。

“吃草根野菜，这是他的意愿。”猿人说道。

“我是负责宣读法规的，”灰毛怪说道，“新来的都要到这里来学习法规。我坐在暗处诵读法规。”

“确实如此。”站在门外的一个兽人说道。

“对犯规者严惩不贷，无一例外。”

“无一例外。”众兽人齐声说道，相互偷瞟了一眼。

“无一，无一，”猿人快嘴快舌地说道，“无一例外。瞧！有一次，我做了一件小事，一件错事。我不说人话了，而是像猴子一样吱哇乱叫。谁也听不懂。因此我被烫了，在我的手上烙了一下。他多么伟大、多么善良啊！”

“无一例外。”角落里的灰毛怪说道。

“无一例外。”众兽人齐声应道，斜着眼相互瞟着。

“对每个人来说，欲望都是邪恶的，”诵读法规的灰毛怪说道，“你企求什么，我们不知道。但是我们会弄清楚的。有人想追赶会跑的动物，盯视，跟踪，伺机捕猎，残杀，啃咬，大口深咬，吸啜鲜血……这是邪恶的。不得追赶其他人，这是法规。难道我们不是人吗？不得吃鱼吃肉，这是法规，难道我们不是人吗？”

“无一例外。”一个站在门口的兽人说。他身上有花斑点。

“对每个人来说，欲望都是邪恶的，”诵读法规的灰毛怪说道，“有人想用牙齿和手去啃刨草根，将鼻子插入泥土嗅寻食物……这是邪恶的。”

“无一例外。”在门口的兽人说道。

“有人抓挠树皮，有人扒死人的墓穴，有人用额头、脚或爪子搏斗，有人无端突然咬人，有人喜欢邋遢。”

“无一例外。”猿人挠着小腿说道。

“无一例外。”粉红色的小树懒说道。

“有罪必惩，严惩不贷。因此要学习法规，背诵法规。”它不由自主地又开始吟唱那古怪的法规，我和所有兽人又一边唱一边晃。哇啦哇啦的吟唱和这地方的恶浊气味搅得我头脑昏沉沉的，但我坚持跟它们一起吟唱，相信过不了不久就会发现新的契机。

“不得四脚爬，这是法规。难道我们不是人吗？”

窝棚里嘈嘈杂杂，我都没注意到外面已经乱了起来。这时一个兽人——我想是我曾见到的两个猪人中的一个——把脑袋从粉红色小树懒的身后探了进来，兴奋不已地喊了句什么。我没听清。门口的兽人像听到号令似的，转瞬不见了。我的猿人伙伴蹿了出去，先前坐在暗处的怪物跟在它的身后。我只注意到它体形庞大，行动笨拙，一身银灰色的毛。窝棚里就剩下我一个人了。

我还没爬到窝棚口，就听到了猎犬的叫声。

不一会儿，我来到了窝棚的外面，手里攥着躺椅扶手，身上所有肌肉都在发抖。在我面前有二十多个兽人粗笨的脊背，它们奇形怪状的脑袋被肩胛遮住了一半。它们兴奋异常地互相打着手势。一些半人半兽的面孔从其他窝棚里探出来，眼睛里闪着探询的光。循着它们面对的方向望去，我看到了莫罗的暗色身影和苍白面孔，他的身后是蒙哥马利，他们穿过窝棚小径尽头朦胧的树荫向这边走来。莫罗拉着向前蹿跳的猎犬，蒙哥马利手里攥着左轮手枪。

一时间，我吓得动弹不得。

我转过身来，发现退路被另一个兽人挡住了。这个兽人体形高大，长着一张灰色的大脸盘和一双闪闪发光的小眼睛，正在向我走来。我四下张望，发现在我的右前方，离我六码左右的岩壁上有一道狭窄的裂缝，一缕光线从那里斜照进阴暗处。

我大步往石缝走去，莫罗大吼一声：“站住！”接着又大喊：

“抓住他。”听到喊声，先是一个兽人转过脸来，接着其他兽人都转过脸来。幸运的是，兽人的脑筋转得很慢。

我用肩膀猛地撞向一个笨拙的怪物，它正想回转身来看看莫罗指的是谁，被我撞得一个趔趄撞到前面一个兽人身上。我觉得它的手臂划了一圈，想抓住我却没抓着。那粉红色小树懒一样的怪物向我冲过来，我兜头给它一棒，木棒上的钉子狠狠劈进它那张丑陋的脸。转瞬间，我已磕磕绊绊地爬到一条陡峭的山路上，这条山路像一根歪斜着的通往山谷外面的烟囱。我听到身后一片狂吼乱叫：“抓住他！”“拦住他！”这时灰毛怪出现在我的身后，它那庞大的身体堵塞了石缝。“往前走，快走！”兽人吼道。我顺着石缝爬了上来，来到兽人村西边的硫黄岩上。

我跑过泛白的硫黄岩，穿过稀疏的树林，跑下一个陡峭的山坡，来到一片低地的芦苇丛中。我穿过芦苇丛，冲进一片幽暗茂密的矮树丛，这些矮树丛踩在脚下黑乎乎、湿漉漉的。我钻进芦苇丛的时候，追在最前面的兽人已经从石缝里爬上来了。我又往矮树丛中奔跑了一会儿，周围很快充满了威胁的叫喊声。

我听到追赶我的人在斜坡上的石缝中乱作一团，接着听到芦苇被踩踏的声音，时不时还有树枝被折断的嘎嘎声。一些兽人像猛兽一样兴奋地号叫。猎犬在我的左侧狂叫。在同一个方向，我听到莫罗和蒙哥马利的喊声。我猛地转身向右方跑去。即使在那时，我似乎也听到蒙哥马利大喊着叫我快逃命。

没跑多久，脚下的地面突然变软了，泥泞不堪。我走投无路，便不顾一切地走了进去，非常艰难地蹚过没膝深的泥水，上了一条小路。小路弯弯曲曲，两旁是高高的甘蔗林。在我的左侧，追踪者的声音渐渐远去了。我走到一个地方，看到三只大小跟猫差不多的粉红色动物，模样怪异，一跳一蹿地从我脚下逃走了。这条上山的小路穿过另一片白色硬壳的开阔地，又延伸进一片蔗林。随后小路一个急转弯，沿着一个墙一般陡峭的断崖边缘而去。这个急转弯来得很突然，又没有像英国公园沟底的隐篱那样提醒注意的标志。我仍在拼命奔跑，还没看见这个悬崖，就身悬空中了。

我的小臂和脑袋先着了地，落在玫瑰和荆棘丛中，耳朵被划破了，满脸是血。我摔进了一个陡峭的溪谷，到处都是岩石和荆棘，谷中弥漫着迷蒙的雾，一缕一缕地在我身边飘浮。雾是从一条狭窄的小溪飘来的，小溪在谷中心，蜿蜒向下流淌。我对强烈的阳光里出现的轻雾感到很惊讶，可是当时没有时间待在那里探究这些。我往右沿着小溪顺流而下，希望朝着那个方向能走到海边，那样就可以跳海自杀了。直到后来我才发现，摔下溪谷的时候，我的钉头棒丢了。

不一会儿，溪谷变窄了，我一不小心，一脚踩进了小溪。我又飞快地跳了出来，因为溪水几乎是沸腾的。我也注意到，在蜿蜒的溪水上有一层薄薄的硫黄泡沫。再走几步，溪谷转弯，隐约能看到蓝色的水面。近处的海水反射着太阳的光芒，波光粼粼。我的末日就在眼前了。可是我热得够呛，气喘吁吁，温热的血液从脸上的伤口渗出，也在我的血管里欢畅地流淌。我远远地甩开了追捕者，心中好生喜悦。我当时不想马上走出溪谷去投海自尽，而是回头凝视着走过的路。

我静听着。除了在荆棘丛中蹦来蹦去的小虫在鸣唱，真是万籁俱寂啊！过了一会儿，隐隐约约地传来一声狗叫、一阵叽叽喳喳的声音、一声鞭响和人声。声音越来越响，接着又微弱下来，沿小溪的上游远去，渐渐地消失了。追捕暂告结束。

但这会儿我明白了在兽人那里我可以得到什么样的帮助。

第十三章
谈判

我转过身去，向大海的方向走去。我发现，这条热水溪越来越宽，在它的尽头形成了一片水草丛生的浅水滩涂。我踏一脚，就会有成群的螃蟹和千足海虫之类的东西匆匆爬开。我一直走到海边，这才感觉安全了。我转过身，两手叉腰，往身后茂密的丛林望去。丛林中的溪谷水汽腾腾，像一道浓烟滚滚的烫疤。可是正如我先前说过的，我太兴奋了——这是实话，当然没有经历危险的人会对我的话有疑问——我已经不顾一切，反倒不会自杀。

这时，我想到在我面前还有一次机会。既然莫罗、蒙哥马利和他们的那些妖魔鬼怪正在穿越小岛追我，那我为什么不沿海滩绕到他们的营地去呢？也就是说，给他们来个迂回进攻，也许可以从那结构疏松的墙上扒下一块石头，砸开小门的锁，看看能找到什么——刀子、手枪什么的，以便在他们返回的时候跟他们拼了。不管怎样都要一试，还有可能死得其所。

于是，我转身沿着海边向西走去。落日的余晖刺得我睁不开眼。太平洋开始退潮了，潮水微波涟漪，轻拍海岸。

没过多一会儿，海水似乎向南退去，太阳也转到了我的右侧。突然，我看到从前方远处的矮树丛里先是出来了一个人影，随后是好几个。前面是莫罗牵着猎狗的身影，后面是蒙哥马利和另外两个兽人。我停下了脚步。

他们看到了我，开始打着手势，向我逼近。我站着一动不动，看着他们走上前来。两个兽人在前面一溜小跑，截断我逃进岸边树丛的去路。蒙哥马利也在跑，却径直向我冲来。莫罗牵着狗落在后边。

我终于从发呆的状态惊醒过来，转身走进海水里。水开始很浅，我往里走了三十码，海浪才没及我的腰。我隐约看见潮间生物飞快地从我脚边逃窜。

“你想干什么，伙计？”蒙哥马利嚷道。

我转过身来，站在齐腰深的水里，愤怒地盯着他们。

蒙哥马利站在水边，气喘吁吁，累得满脸通红，亚麻色的长发被风吹得散落了满头满脸，下垂的下唇里露出了七扭八歪的牙齿。莫罗从后面走来，脸色苍白却很坚定，手里牵的狗冲我汪汪狂吠。两人手里都拿着粗重的鞭子。离水远些的沙滩上，两个兽人瞪着我。

“我想干什么？我要投海自杀。”我说。

蒙哥马利和莫罗相互瞟了一眼。“为什么？”莫罗问道。

“与其让你们折磨还不如自杀。”

“我说嘛！”蒙哥马利对莫罗说道。莫罗低声说了些什么。

“你凭什么说我要折磨你？”莫罗问道。

“我亲眼所见，”我回答道，“还有那边的那些怪物。”

“嘘！”莫罗举起一只手制止道。

“我要说，”我说道，“它们本来是人，可现在是什么？我起码不想成为它们这副样子。”

我的视线从两人的肩头望过去。岸上站着蒙哥马利的仆从木铃，就是那个从船上下来的裹着白布的兽人。再远处的树荫下是那只小猿人，在它身后还有一些模糊的影子。

“这些怪物都是什么？”我用手指着它们质问道，声音越来越高，那些怪物也能听见，“它们本是人，像你们一样的人，你们把兽性传到它们身上，然后把它们变成奴隶，你们仍然对它们充满恐惧。你们都听着！”我大喊道，用手指着莫罗，却说给他身后的兽人听，“你们都听着！你们看不出他们仍然怕你们吗？他们无时无刻不在提防着你们，你们为什么反而怕他们呢？你们人多……”

“看在老天的分上，”蒙哥马利喊道，“别说了，普伦狄克！”

“普伦狄克！”莫罗也喊道。

他们两人一齐喊，像要淹没我的声音。在他们的身后，兽人垂下了头，苦思冥想，垂下变形的手，耸起肩膀。我猜想，它们是在努力弄明白我所说的是什么意思，努力唤起自己作为人类时的回忆。

我不断地嚷着，也记不清都喊了些什么。好像说过它们可以杀死莫罗和蒙哥马利，他俩并不可怕，这些是我在临死前想灌输到兽人头脑中的主要思想。我看见那个绿眼兽人从树丛里走了出来，衣衫褴褛。我上岛的那天晚上见过它。其他兽人也跟了出来，想听清楚我在说什么。

我终于说得上气不接下气了，于是停了下来。

“听我说几句，”莫罗用沉稳的声音说道，“然后你想说什么就说什么。”

“你说吧！”我说道。

他清了清嗓子，想了想，然后喊道：

“我说拉丁文，普伦狄克！我拉丁文不好，只有小学生水平，不过你听仔细。Hi non sunt homines，sunt animalia qui nos habemus（它们不是人，是我们养的动物）……活体解剖，一种人类化过程。你到岸上来，我会给你解释的。”

我笑了起来。“多么动听的故事，”我说道，“它们会说话，会盖房子，会做饭。它们曾经是人。我会上岸才怪哩！”

“你身后水就深了……而且尽是鲨鱼。”

“这正是我想要的，”我说，“痛痛快快，干脆利索。”

“等一下。”他从口袋里掏出个东西，在阳光下闪了一下。他把那东西扔在脚下。“这是支上了膛的左轮手枪，”他说，“蒙哥马利也会像我这样做的。我们现在往岛里走，等你认为我们走开的距离安全了，就上来拿枪。”

“我才不干呢，你们两个另外还有枪。”

“我要你动一下脑筋，普伦狄克。首先，我并没有请你上岛。第二，如果我们想在你身上做手脚，昨天夜里就会把你麻醉；第三，现在你的惶恐过去了，你可以自己想一想，这位蒙哥马利是你想象的那种人吗？我们追赶你是为了你好。因为这座岛上到处都有不友善的行为。你都想投海自尽了，我们干吗还要用枪打你呢？”

“那我在窝棚里的时候，你为什么……让兽人来抓我？”

“我们觉得那样做可以抓住你，免得你遭受危险。后来，为了你的安全，我们没有紧追不放。”

我考虑了一会儿，这似乎是真的。这时我又想起了那一幕情景。

“可是我看到了，”我说，“就在那院子里……”

“那是只美洲狮。”

“呔，普伦狄克，”蒙哥马利说，“你是个大傻瓜。从水里走出来，把这两把枪拿去，我们谈一谈。除此之外我们没有别的办法了。”

我得承认，在当时，的确一直如此，我不信任莫罗，并且有点怕他，而蒙哥马利却是个我觉得能够理解的人。

“你们往回走，”我说着想了想，又加了一句，“把手举起来。”

“我不干，”蒙哥马利的头转了过来，带有解释意味地点了一下头，说道，“这有失尊严。”

“那就随你便，”我说，“走到树林那边。”

“真是个愚蠢的仪式。”蒙哥马利说。

两人都转过脸去面对着那六七个奇形怪状的兽人。兽人站在太阳底下，实实在在，手脚能动，地上还有他们的影子，却很难叫人相信他们是真实存在的。蒙哥马利冲他们甩了一鞭子，他们应声转身撒腿蹿进树林。我等蒙哥马利和莫罗走得足够远了，才走上海滩，拾起手枪检查了起来。为防止受他们的蒙骗，我冲一堆岩石开了一枪，满意地看到石块碎了，铅弹溅在海滩上。

即使这样，我还是犹豫了一会儿。

“我就冒回险吧！”我最终下了决心，一只手拿着一把枪，走上海滩，向他们走去。

“这样最好，”莫罗说道，不带任何感情，“事实上，你那该死的想象浪费了我大半天时间。”

他和蒙哥马利转过身去，一声不吭地走在我的前面。他转身时的那种轻蔑样子让我自惭形秽。

那帮兽人仍有些丈二和尚摸不着头脑，远远地站在树丛中。我尽量平静地从他们面前走过。其中一个开始跟着我走，蒙哥马利一声鞭响，他又退了回去。其他兽人默默地站着，看着。他们可能曾是动物。可我还从来没见过努力思索的动物。

第十四章

莫罗博士的解释

“好吧，普伦狄克，现在我来解释一下。”我们刚吃饱喝足，莫罗博士就说，“我得承认，你是我最难侍候的客人。我可得警告你，这是我最后一次满足你的要求。你若再用自杀来要挟我，我是不会干的，尽管那样会毁了我的名声。”

他坐在我的躺椅上，白皙、灵巧的手指夹着一支吸了一半的香烟。摇曳不定灯光照在他的白发上。他望着小窗外的星光。我尽量坐得离他远一点，中间隔张桌子，左轮手枪就放在我的手边。蒙哥马利不在场，我不想在这么小的房间里面对他们两个人。

“你现在承认那个所谓被活体解剖的人只是头美洲狮了吧？”莫罗问道。他让我参观了里间那可怖的肉体，以证实那确非人体。

“是美洲狮，”我说，“还活着，却被你切割肢解得惨不忍睹，我再也不想看活物的皮肉了。太残忍了。”

“那些就不必说了，”莫罗说道，“至少别跟我说你像个小孩子一样害怕。蒙哥马利也曾跟你一样。你承认那是美洲狮就行了。现在请安静下来，我来给你上堂生理课。”

接着，他向我解释起他做的实验。虽然他感觉无聊透顶，语调里却也不乏些许热情。他深入浅出，令人信服。他的语气里不时带点讽刺意味。没过多久，我便为眼下的处境感到无地自容，浑身燥热。

我所见到的那些怪物不是人类，它们压根就不是。他们是动物——人类化了的动物——是活体解剖的成果。

“你忘了，一个技术娴熟的活体解剖专家是能创造奇迹的。”莫罗说，“就我来说吧，我纳闷为什么我在这里做的事先前没有人做过。当然一些小的手术还是做过的，比如截肢、割舌头、切除病灶之类的。当然你总该知道手术可以导致或治愈斜视吧？切除病灶时，会带来各式各样的变化，如色素紊乱，情绪变化，情绪调节的改变，脂肪组织分泌的改变，等等。我想你总该听说过这些情况吧？”

“那自然，”我说道，“可是你搞的这些恶心的怪物……”

“该说的时候我会说到的，”他说道，挥了一下手打断了我，“我才刚开头呢。前面说的都是些小的改变，外科手术的作用远不止于此。它可以生成，也可以去除和改变生物体。也许你听说过一种修复鼻子的普通手术。从病人的前额上割下一块皮，覆盖到鼻子上，这块皮就会长在新的地方。这是动物的自身移植。移植从别的动物身上新取下来的材料也同样可行，例如牙齿。皮肤移植和骨头移植有助于伤口愈合。外科医生把从别的动物身上切下的皮肤或者把刚被杀死不久的人的骨头放在伤口中间。狩猎马的马鬃，也许你听说过，原本是长在公牛的脖子上的。阿尔及利亚轻步兵的犀鼠也可以说是人造的怪物，是将普通老鼠尾巴移植到了它的吻部。”

“人造怪物！”我惊道，“你是想说……”

“对了。你见到的那些怪物都是从不同的动物身上割下不同的部分重新组合成的新动物。我的毕生精力都用在研究生命形式的可塑性上。我已研究多年，一点一点地积累知识。我看你吓得不行，其实跟你说的这些不是什么新东西。多年前，这些问题在临床解剖学上已经是老生常谈，只是没人斗胆一试。我能改变的不只是动物的外形，也能对动物的生理、化学变化节奏进行持久的调整，给活体和尸体接种疫苗等等都属此例。当然，你一定熟知接种疫苗是怎么一回事。

“输血也是类似的手术，我就是从输血起步进行研究的。这些都是人们熟知的手术。人们对中世纪行医人更复杂的手术则较少耳闻。他们制造侏儒、瘸腿乞丐和哗众取宠的怪物。他们的技术在年轻的江湖郎中和玩柔体杂耍的人中间仍有流传。维克多·雨果在《笑面人》里就对这些人有过描写……也许这样一说，我的话就容易懂了。我们可以把生物组织从动物的一处移植到另一处，从一个动物身上移植到另一个动物身上，来改变它的化学反应和生长方式，调整它的肢体关节，改变它最深层的结构。你开始明白这一点了吧？

“可是在我开始搞这个研究之前，现代研究者从来没有把这一非同寻常的知识领域作为目标，系统地研究过。其中有些研究内容已被作为外科手术的最后手段来运用；你知道的大多数相关例证都事出偶然，从事这些工作的是那些专横的权威、罪犯、养马的人、养狗的人，各行各业没受过系统训练的笨手笨脚的人。这些人就是为了一己之利，偶然揭示了相关的知识。在研究这个问题的人当中，我是第一个懂得消毒做手术，并且懂得生物生长规律科学知识的人。

“不过人们也许会认为，在此之前，一定有人悄悄地进行过这种实验，比如暹罗双胞胎[1]……还有在宗教法庭拱顶房里的那些做法。当然，他们的主要目的是变着花招折磨人，可至少还能有几个审讯者对科学有点好奇心……”

“可是，”我插言道，“这些东西，这些动物会说话！”

他说没错，接着又说，活体解剖的作用不止于外表变形。猪也可以受教育。与身体结构相比，智力结构更容易改变。随着催眠科学的发展，我们发现通过移植和替换思想，存在更新固有本能的可能性。所谓道德教育的大部分内容就是本能的人为调节和

1 暹罗双胞胎，1811 年出生在暹罗的男性连体婴，是世界上最著名的连体婴之一。由于当时的科学技术无法将二人分开，两人顽强地活到了 63 岁。“暹罗双胞胎（Siamese Twins）”后来也成了连体人的代名词。——译者注

放纵不羁的问题：好斗被调教成勇敢无畏的自我牺牲精神；性欲被压抑成对宗教的狂热。他说，人类跟猴子的最大区别在于喉头，在于有没有能力发音说话，而声音符号是思想的载体。在这一点上我不能苟同，可他对我的反对不屑一顾。他重复了一遍自己的观点，继续谈论他的研究。

我问他，为什么要以人形作为样板？我过去觉得，而且现在仍然觉得，他这么做有某种乖戾的恶意。

他说他是偶然选中这一样板的。“我本可以仅将绵羊变成牦牛，将牦牛变成绵羊。我想可能是人体比动物更能唤起人们的艺术想象吧。可是我并不只限于合成人类，有那么一两次……”他沉默了大约一分钟，“这么多年！转瞬即逝啊！而我却花费了一天的工夫来救你的命，还浪费一个小时来向你做解释！”

“可是，”我说道，“我还是不明白。你使动物疼痛难忍，你有什么理由这么做？唯一能使我信服的理由是活体解剖具有一定的实用价值……”

“的确如此，”他说道，“可是你看得出来，我的想法与一般人不同。我们的观点不同。你是个物质主义者。”

“我不是物质主义者！”我生气地跟他争辩。

“只是我的感觉，我的感觉。恰是这个关于疼痛的问题让我们谈不拢。只要你讨厌那些看得见、听得到的疼痛，只要你的疼痛感仍然控制着你，只要你仍然把疼痛当作是否有罪的判断基础，只要你是个动物，对动物感觉的疼痛想得还比较清楚，这种疼痛……”

我不耐烦地对这种诡辩耸了耸肩。

“噢！疼痛算什么。一位愿意接受科学真理的人必须认识到，疼痛微不足道。我们这颗小行星是宇宙间微不足道的小颗粒，在离我们最近的恒星上也看不到地球。很有可能，除了在地球上，其他任何地方都不会有疼痛这种东西存在。可是我们探索真理的法则……噢，即使在地球上，甚至在动物身上，哪有什么疼痛呢？”

说着，他从口袋里摸出一把小折刀，将小刀刃打开，把椅子向后移了一下，以便让我看到他的大腿。然后，他仔细地选中一点，将刀子扎进腿里又拔了出来。

“我毫不怀疑，你以前也见过这样的举动。这一点也不疼。可是这表明什么？肌肉并不需要感觉疼痛的能力，而且没有疼痛的感觉。皮肤也不太需要感觉疼痛的能力，只有大腿的一些地方才能感觉到疼痛。疼痛只是我们身体内的医生，它向我们发出危险的警告或刺激我们。不是所有的肌肤都有疼痛的感觉，也不是所有的神经都能感觉到疼痛，即使是感觉神经也不例外。视神经就没有真正疼痛的感觉，如果你的视神经受伤，你只是眼冒金星，就如同听神经患病时只能听到耳鸣一样。植物感觉不到疼痛，低级动物，如海星、小龙虾，可能也没有疼痛的感觉。那么人类是一种什么情形呢？人类的智力越发达，就越能明智地顾及自己的利益，就越不需要疼痛来提醒危险的存在。我只知道没用的东西迟早会在进化的过程被消磨掉的。你以为呢？疼痛已无存在的意义。

“而且我是个虔诚的人，普伦狄克，任何神志正常的人都必定如此。我想也许我比你更了解这个世界创造者的创世方法，因为我一生都在以我的方式寻求他的法则。而你，我猜，却在搜集蝴蝶标本。我告诉你吧，快感和疼痛与天堂和地狱没有联系。快感和疼痛——呸！当天堂女神还处于黑暗之中的时候，你那种神学家般的心境又是怎样的？普伦狄克，尘世男女如此看重快感和疼痛，这表明他们兽性未尽，表明他们来自兽类。疼痛！疼痛和快感，只要我们蠕动在红尘里，就会伴随着我们……

“你瞧，我的研究是按研究本身的导向进行的。我听说过的真正的科研都是这样做的。我提出一个问题，想方设法得出答案，得出来的是一个新的问题。哪种是可能的结果，这种还是那种？你想象不出这对一个搞科研的人意味着什么，这会让他产生什么样的研究激情。你想象不出这种探究知识的愿望会带来多么奇特的、朴素的喜悦。站在你面前的不再是只动物，不再是你的同类，而是一个等待探究的问题。那种让人同情的疼痛，我只记得那是好多年以前我曾有过的感受。我想要的，而且我唯一想要的，就是找到活体可塑性的极限。”

“可是，”我说，“这多么可憎啊……”

“直到今天，我从未对这样做是对还是错的伦理观念纠结过。对大自然的研究自然就会使人变得像大自然一样无怨无悔。我义无反顾，除了研究的问题不去顾及其余的一切。研究材料……被源源不断地弄进那边的小房里……我们到这里已经快十一年了。我和蒙哥马利，还有六个南洋群岛的土人。我还记得静悄悄的葱绿小岛和周围空旷的大洋，一切宛如昨天。这岛很像在等待我们。

“我们把东西从船上卸下来，盖起了房子。土人在溪谷附近盖了住房，我在这边用带来的仪器搞研究。开始不太顺手。我先是用一只绵羊做实验，一天半后，解剖刀一时失手，绵羊死了。我又拿了一只绵羊做实验，合成了一个充满痛苦和恐惧的东西，我给它包扎好刀口，让它自己痊愈。刚做完手术的时候，它看上去很像人类。可我后来走近它的时候，感觉很不满意。它记住了我，见我走近就惊恐万状，而且它在智力上与羊不相上下。我越看越觉得它笨拙，最后给这个怪物了结了痛苦。没有勇气、充满恐惧、惧伤怕疼，在折磨面前没有一点好斗劲头的动物，无法用来组合人类。

“后来我用猩猩做实验。我格外小心，克服了一个又一个困难，终于合成了第一个人。整整一个星期，我夜以继日地改造着它，主要是重塑它的大脑。要增加不少东西，改变不少东西。手术完成后，我觉得它很像一个黑人标本。它浑身缠着绷带，被捆绑着，一动不动地躺在我面前。我确信它已脱离危险，才离开它。等我回到这个房间时，蒙哥马利跟你今天的情形差不多。随着合成人越来越像人类，他听到了人的喊叫声，就跟那些把你吓得心惊肉跳的喊叫声差不多。起初我并没有完全告诉他我在干什么。

“那些土人也意识到了什么，见到我就吓得跟什么似的。我说服了蒙哥马利，可我们两个却很难阻止土人逃跑。几个土人把我们的帆船抢走了。我花费了很多时间训练那个合成人，共用了四个月。我教它基本的英语、数数，甚至教会它读字母。但是，它学读字母比较慢，当然我也见到过比它还慢的白痴。它脑子里一片空白，对自己过去是什么没有记忆。它的刀口愈合以后，身体不再僵硬疼痛了，而且多少可以跟人对话了，我就把它领到那边，把它作为一个偷渡者向土人们做了介绍。

“不知为什么土人开始很害怕它，这让我很生气，因为我很为它感到自豪。可是它呢，它举止温和，可怜兮兮的。不久，土人们接受了它，开始教它一些技能。它学得很快，很会模仿，很能适应。在我看来，它给自己盖的小屋比土人的窝棚还好。其中一个年轻土人有点传教士的味道，教它读字母（或者说它至少能指出他读的字母），并且教给它一些基本的道德观念。不过现在看来，那个兽人的习性并不完全尽如人意。

“我休息了几天，盘算着把这一过程写出来，唤醒沉睡中的英国生理学界。我凑巧碰上那个兽人蹲在树上，正在像猴子一样向两个调逗它的土人呜里哇啦嚷个不停。我威胁它，对它说人不应这样做，以唤醒它的耻辱感。回到工作室后，我决心进一步完善我的研究之后再将成果带回英国。我在不断完善，可是总有些兽性的东西会反复，兽类的皮肉会顽强地一天一天地再生……我还要做得更完善。我决心征服这一难题。这只美洲狮……

“就是这么一回事。那些土人都死了：一个从船上掉到水里了；一个脚跟受伤，中了植物汁液的毒；三个乘帆船逃走了，而且可能都已经喂鱼了；另一个……被杀了。不过已经有人代替他们了。蒙哥马利起初也像你这个样子，可后来……”

“另外一个土人出什么事了？”我不依不饶，“那个被杀死的？”

“事实上，我合成了几个兽人以后，又制造了一个东西……”他吞吞吐吐道。

“然后呢？”我追问。

“那东西被杀了。”

“我不明白，”我说，“你是想说……”

“是那东西杀死了那个土人，也杀死了其他几只被它逮着的动物。我们追了它两天。它是不小心跑掉的，我没想放走它，工作还没做完。那只是个实验。那东西没有肢体，有一张可怖的脸，像蛇一样在地上爬行。那东西很强壮，疼痛会使它发狂。它跑起来欢蹦乱跳，好像海豚在游泳。它在树林里潜藏了好几天，碰到什么就杀什么。我们开始追杀它以后，它便跑到了岛子的北部。我们兵分两路向它包抄。蒙哥马利执意要跟我一路。那个土人拿了支步枪。等我们找到土人的尸体，发现枪管弯成了S形，差不多被咬断了……蒙哥马利开枪打死了那怪物……从那以后，我就只合成人了，一些小东西除外。”

莫罗沉默下来。我坐在那里一言不发，盯着他的脸。

“就这样，算上在英国的九年，总共二十年了，我不断探索。

在我做的所有工作中，总会出现一些难住我的问题，令我失望，同时又激励我进一步努力。有时我的水平会有所提高，有时又会有所降低。但无论如何，总达不到我理想的境界。我可以合成人形，几乎不费吹灰之力，躯体或者柔软优雅，或者虎背熊腰，可往往在手和爪子上会遇上麻烦。那是对疼痛很敏感的器官，改变这些东西的形状，我不敢过于随心所欲。但是，我主要的麻烦还在于不得不对大脑进行微妙的移植和重塑。它们的智慧往往低得令人吃惊，有不少难以解释的空白点。最让人失望的是我不能乱碰。有的地方——我还说不准是什么地方——是感情控制中心。那些有碍人性发展的渴望、本能、欲望等，简直是一座隐秘的奇特水库，稍一磕碰，就会大堤崩裂，愤怒、仇恨、恐惧的浪涛就会将人性淹没。

“我的这些兽人在你看来怪诞离奇，但我刚把它们合成出来的时候，在我看来，它们无可争议就是人。随着日后的观察，这种感觉才渐渐淡漠。一种又一种的动物特征接二连三地出现，表现越来越明显，我不能视而不见……可是我会克服这一缺陷的。每当将一只活生生的动物抛入疼痛的烈焰中的时候，我就会对自己说，这一次我要烧掉它们所有的动物特征，这一次我要造出个有理性的人。不管怎么说，十年算什么？人类的形成经历了几百万年。”

他阴沉地思索了一会儿。

“不过我离稳定人性的目标已经不远了。我的这只美洲狮……”

他沉默了一会儿说：

“它们很容易返归兽性。我的手刚抬开，兽性就会爬回来，开始显现……”

又是一段长时间的沉默。

“然后你就把合成的兽人关到那些窝棚里吗？”我问道。

“把它们赶走。我见它们的兽性占了上风，就把它们赶走。它们就在那里转悠。它们都害怕这所房子，也害怕我。它们在那里笨拙地模仿人类。蒙哥马利了解那些情况，因为他干涉了它们的事情。他训练了一两个兽人侍候我们。他对此感觉有点羞愧，不过我觉得他对有的兽人还是有点喜欢的。那是他的事情，我不管。看到它们只能使我产生失败感。我对它们没有兴趣。我希望它们能遵循那位土人传教士给它们画出的生活模式，学着过一种带有理性的生活。可怜的兽类！它们有称作法规的东西，唱赞美诗。它们自己建造了窝棚，采野果，拔野菜，甚至还结婚。可这却瞒不了我，我能看到它们的灵魂，那里只有没有前途的兽性，只有愤怒、生存和满足自我的欲望。不过，它们又不同于一般兽类。它们像所有的生命体一样奇特，具有复杂性。在它们身上有一种向上的力量，部分是出于虚荣，部分是情感的宣泄，还有是出于好奇心。这一切只是对我的嘲笑。我对美洲狮寄予厚望，我在它的脑袋上下了很大功夫……

“那么现在，你怎么想？还怕我吗？”一段长时间的沉默后，他站起身来说。在此期间，我们各自想着心事。

我看着他，看到的只不过是一个面色苍白、目光沉静的白发老人。除了平静之外，他宁静的坐姿、魁梧的身材透出几乎是美的气质，跟其他可亲可敬的老先生没有多大差别。我不寒而栗。作为对他后一个问题的回答，我双手把左轮手枪递到他面前。

“你留着吧。”他说，同时打了个哈欠。他站起身来，盯着我看了一会儿，微笑道：“这两天你经历了不少事，我建议你好好睡一觉。我很高兴误会消除了。晚安。”

他想了想我的反应，然后从里面的门走出房间，我赶紧把外面的门锁上了。

我重新坐下来，一时间脑袋发木。感情上，心理上，体力上，我都疲倦至极，无法深思莫罗说过的话。漆黑的窗户像只眼睛一样盯着我。终于，我鼓足勇气熄了灯，躺进吊床里，不大一会儿就睡着了。

第十五章
兽人的情况

我很早就醒了。刚睁开眼，莫罗的解释就浮现在脑海里，一清二楚。我爬出吊床，走到门前，看看门锁是不是确实锁好了。接着我又去看了看窗上的栏杆，发现栏杆很牢固。这些看起来像人的怪物确实只是兽类，它们怪里怪气地模仿人类。我摸不准它们究竟能干些什么，心里很不踏实，这比那种明明白白的害怕更糟糕。有人轻轻敲门，我听到木铃含糊不清的说话声。我把一支左轮手枪装在口袋里（一只手按在上面）给它开了门。

"早晨好，萨(先)生。"他问候道。除了往常的野菜早餐，还带来了一只烧得很糟的兔子。蒙哥马利跟在他身后，他的眼睛到处乱看，看到我手的姿势，歪着头笑了起来。

那天，美洲狮仍在休养恢复，可是莫罗习惯独来独往，没到我们这里来。我跟蒙哥马利聊起来，想搞清楚兽人的生活方式。

我特别想知道，这些怪物为什么不攻击莫罗和蒙哥马利，为什么不相互残杀。

他解释说，莫罗和他本人之所以相对安全是因为那些怪物的智力有限。尽管它们的智慧有所增长，而且它们的动物本能有所复苏，但莫罗已经把一些固定的思想移植在它们的大脑里，这就使它们的想象力受到了制约。它们实际上是被催眠了，被告知某些事情是做不到的，某些事情是不许做的。这些禁令已嵌入它们大脑的结构，已没有不服从或者争议的余地。

在某些旧的本能与莫罗制定的规则相冲突的领域，情况并不稳定。在它们的心中，一系列被称作法规的观念——我听到过它们的背诵——和根深蒂固的、时时冒上来的动物欲望相抵触。我发现它们不断地重复这些法规，同时也在不断地违反它。蒙哥马利和莫罗都很小心，不让它们知道血的味道。他们担心兽人尝到了血的味道，会导致不可避免的恶果。

蒙哥马利对我说，对于猫科兽人来说，天黑以后，法规的约束力就会奇怪地变弱，它们力气倍增；黄昏时分，一种冒险精神会在它们的心中油然而生，它们敢做一些白天连做梦也不敢做的事情。我来的那天晚上，一只豹人竟敢尾随我，就是这个原因。我刚来那会儿，它们只是偷偷地违犯法规，而且是在夜里；在白天，总起来说，它们还是比较遵守方方面面的禁令的。

在这里，我也许应当介绍一下这个海岛和兽人的基本情况。这个岛子边缘不规整，离海平面不是很高，我估计总面积在七到八平方英里[1]。岛子是火山爆发形成的，三面有珊瑚礁。北面有火山喷气孔，还有一眼温泉，这些是火山爆发的唯一遗迹。在岛上，不时会感觉到轻微的地震，有时蒸汽奔突，烟气翻腾，可也仅此而已。蒙哥马利告诉我，岛上已居住着六十多个莫罗制造的兽人，还不算那些生活在矮树丛中没有人形的小怪物。

莫罗共合成了将近一百二十个兽人，不过许多已经死了，另外一些——像他对我说起过的无足爬兽——则专行暴力。我问到它们的繁殖问题，蒙哥马利答道，它们实际上也能生出后代，但一般都活不长。在它们的后代身上看不到对人性的继承。它们活着的时候，莫罗就把它们抓来，使它们具备人形。母兽人比公兽人少，尽管它们的法规规定一夫一妻制，母兽人还是常常受到公兽人的暗中侵害。

我无法详细描述兽人，因为我缺乏观察细节的训练，而且也不会画画。它们最普遍的长相特征是腿跟身躯比例失调。可是我们对美的观念也是相对的，我逐渐对它们的长相习以为常，最后我竟有点被它们说服了，觉得自己的长腿实在难看。它们的另一个特点就是脑袋前伸，脊背驼弯，显得笨拙，不像人类。甚至那猿人也没有人类那样挺拔的曲线。大多数兽人耸肩驼背，短短的前肢无力地垂在两侧。它们中很少有毛茸茸的，至少在我离岛之前是这样的。

另一个明显的缺陷是它们的面孔。几乎所有的兽人都下巴前探；耳朵畸形；鼻子肥大凸出；头发有的像绒毛，有的像猪鬃；

---

1 这个描述在各方面都跟贵族岛吻合。——原书注

多数眼睛色彩怪异，长得不是地方。没有一个会放声大笑，只有猿人会吃吃窃笑。除了这些基本特征之外，它们的脑袋少有共同之处，各自保留了原来的特征。强加的人类特征只能使它们变形，却掩盖不了它们先前本是只豹子、公牛、母猪或者其他动物这样的事实。它们的嗓音也相差甚远。它们的手基本都是畸形的。尽管有些兽人跟人惊人地相似，但是几乎所有的兽人都记不准数字，不会剪指甲，而且触觉迟钝。

最可怕的两个兽人是豹人和土狼与猪合成人；比这两个还大的是三个公牛人，是它们把船拖上岸的；然后就是那个灰毛兽人，它也主管宣读法规；然后就是木铃，还有一个用猿和山羊合成的像森林之神萨堤似的兽人；另有三个公猪兽人，一个母猪兽人，一个母犀牛兽人；还有几个母兽人，我说不清是用什么动物改成的；我还看见过几个狼兽人、一个熊和公牛合成人、一个圣伯纳德犬兽人。我已经描绘过猿人，另有一个用母狐和熊合成的“老妇人”，特别可恨（狐臭熏天），从一见面我就对它痛恨不已。据说它是法规热心的支持者。小一点的有身上有花纹斑点的小兽人和我见过的小树懒人。够多了，就不一一数说了。

起初我对这些兽人怕得要死，知道它们仍是兽类后，更是胆战心惊。可是不知不觉中，我渐渐习惯了它们的存在，而且我被蒙哥马利对待它们的态度打动了。蒙哥马利长期跟兽人待在一起，几乎把它们当作人类。他在伦敦的日子似乎已经成为一去不复返的辉煌过去。他只是一年左右到非洲去一次，跟莫罗的动物贩子经纪人谈生意。在海上航行时，他只能看到西班牙人留下的混血儿，几乎见不到真正的绅士。他对我说，起初船上的人在他看来很古怪，就跟我看到兽人时的印象差不多，腿长得出奇，脸平平的，前额光亮醒目，多疑、可怖、心狠手辣。事实上，他对人类都不怎么喜欢。他对我有些热心，是因为他认为我是他救的。

在当时，我就觉得他内心深处对有些变形兽人暗存同情，对它们的一些做法有一种带着恶意的怜悯。可是，起初他并不想让我知道他的心思。

他的仆从木铃，那个黑面兽人，是我见到的第一个兽人。它没同其他兽人一道住在岛子的另一侧，而是住在营地后面的小狗窝里。这个兽人并不比猿人聪明，却比猿人温顺得多，而且在所有兽人当中，它长得最像人。蒙哥马利教它做饭、传话送信和各种家务。它是莫罗那令人胆寒的移植技术的杰作。它结构复杂，原本是一只熊，被加上了一点狗和牛的特征。莫罗在它身上下的功夫最多。它对蒙哥马利无比温顺，无比忠诚。蒙哥马利有时会注意到它，抚摸它，半嘲弄半开玩笑地给它起外号，它就会高兴得欢欣雀跃。有时候他又会虐待它，特别是喝了酒之后，踢它，打它，扔石头砸它，用火绳烫它。宠也好，辱也好，它最喜欢的就是能待在他身边。

我说过我逐渐对兽人感到习惯了，成百上千件不自然或令我讨厌的事情很快变得自然平常了。我想世界上所有东西的色彩都是根据它生活环境的基本色调决定的：蒙哥马利和莫罗太古怪，太有个性，在他们举止的感染下，我对普通人性的正确印象维持不了多久。我看到拉纤的牛人笨拙沉重地在草丛里行走，我会扪心自问，尽力回想，它跟那些农夫收工回家的步态有什么不同。我看到母狐与熊合成人诡计多端、变化频繁的表情，那股狡猾劲跟人相像得很，我会觉得在某个城市小巷见到过它。

不过它们的兽类特征时不时地就会闪现出来，这不用怀疑。一个丑陋的兽人，看上去活像个耸肩塌背的粗汉子，蹲在窝棚口，伸开双臂打哈欠，这时你会吃惊地看见，它门牙似剪刀，犬牙如军刀，像真刀一样锋利无比。或者在一条狭窄的小路上，壮起胆子瞥一眼身体柔软、裹着白布的母兽人，我会突然（带有一阵阵反感）看到它的瞳孔是一条线，再往下看，就会看到它弯弯的指甲正按着褴褛的衣衫。后来我发现有个无法解释的怪现象：在我刚上岛不久的日子里，这些怪物，我是说那些母兽人，对自己笨拙难看的形象有本能的感觉，因此表现得比人还在意衣着是否得体。

第十六章

兽人尝到了血腥味

我写作经验有限，远离了故事发展的线索。我同蒙哥马利一起吃完早餐，他带我到岛子另一端去看火山喷气孔和温泉。就在前一天，我曾跑进那个温泉滚烫的水中。我们两人都带了鞭子和上了膛的左轮手枪。在往那边去的路上，当穿过一片枝叶茂密的丛林的时候，我们听到一只兔子的尖叫声，于是停住脚步细听，可再也听不到了。我们继续赶路，不一会儿，就把这事忘到了脑后。蒙哥马利指给我看一种粉红色的小动物，这种动物后腿很长，一蹦一跳地在草丛里穿行。他告诉我这是用莫罗合成的兽人后代做的。他原打算做一种肉食动物，可是这种动物像兔子一样，吃自己的崽子，这使莫罗的计划泡了汤。我遇见过这样的小动物，一次是在被豹人追赶的月夜，一次是在前一天被莫罗追赶的途中。凑巧，其中有一只想避开我们，一下子跳进了被风连根吹倒的树的树坑里。它还没来得及逃掉，就被我们逮住了。它像猫一样吐着口水，两只后腿又是抓又是蹬，还想咬人，可它的牙齿太没劲儿了，只能咬出个不痛不痒的牙痕。我觉得它很可爱。据蒙哥马利说，这东西喜好洁净，挖洞时从不破坏草地。我想这种动物可以用来取代绅士花园里的普通家兔。

我们在路上看到了一棵树的树干，树皮被一长条一长条地剥光，有的地方被深深地劈裂。蒙哥马利指给我看。“不准抓挠树皮，这是法规，”他说道，“可它们有好几个还是照样干！”我记得在这以后我们碰见了一个像希腊神话萨堤神模样的羊人和一个猿人。羊人是莫罗对希腊、罗马古典文化记忆的一个作品，它的表情像羊，像那种低贱的希伯来种，叫起来难听得刺耳，下半身简直就是魔鬼。羊人从我们身边走过的时候，嘴里正啃着像蚕豆一样的果壳。它俩都向蒙哥马利致敬。

“向第二个执鞭人，”它们说道，“致敬。”

“现在又有一个执鞭人了，”蒙哥马利对它们说道，“所以你们最好小心点。”

“难道他不是被造出来的吗？”猿人问道，“他说——他说他是被造出来的。”

羊人万分好奇地看着我。

“第三个执鞭人，就是那个哭着往海里走的人，脸又瘦又白。”

“他的鞭子又细又长。”蒙哥马利说道。

“昨天他又是流血又是流泪，”羊人说道，“你从不流血，也不流泪。主人不流血不流泪。”

“你这个奥伦多夫[1]乞丐！”蒙哥马利吼道，“你还是小心点，不然你会又流泪又流血。”

“他有五个手指，跟我一样，也是个五指人。”猿人说道。

“走吧，普伦狄克。”蒙哥马利说着扯起我的胳膊。我随他走去。

羊人和猿人站在那里瞧着我们，相互议论着。

“他什么也没说，”羊人说道，“人都会说话。”

“昨天他问我什么东西能吃，”猿人说道，“他不懂。”我听不清它们又说了些什么，只听到羊人的笑声。

返回的路上，我们看到了那只死兔子。这个小畜生血淋淋的尸体已被扯碎，不少肋骨被剔得精光，脊骨显然被啃咬过。

蒙哥马利见状停下了脚步。

“天哪！”他惊呼道，弯下身子，捡起几块敲碎的脊椎骨仔细观察着。“天哪！”他又惊呼了一声，“这意味着什么？”

“你们的那些食肉动物又想起了先前的习惯，”停了一会儿，我说，“这块脊骨被咬断了。”

他站在那里，面色苍白，两眼发直，嘴唇撇到了一边。

“我可不喜欢这样。”他一字一顿地说道。

“我来的第一天，”我说，“就看到过这种事。”

---

1 奥伦多夫（Heinrich Gottfried Ollendorff，1803—1865），德国语言学家，主张以语法手段学习语言。此处蒙哥马利讨厌羊人为学说话而说话，所以说出的那些话词不达意，因此他骂羊人是个学说人话的讨饭者。——译者注

“见鬼，你真看到了？是什么？”

“一只头被咬断的兔子。”

“你上岛的那天？”

“我上岛的那天。在营地后面的矮树丛里，我晚上出来散步的时候看见的。头完全被拧下来了。”

他低低地吹了一声口哨。

“而且，我还知道是哪个兽人干的。但这不过是一种怀疑。我见到兔子之前看到一个兽人在溪边喝水。”

“舔水喝？”

“是的。”

“‘不准舔水喝，这是法规。’莫罗不在场的时候，有多少兽人遵守法规？”

“那天追赶我的也是那个畜生。”

“当然，”蒙哥马利说道，“食肉动物就是这样。杀死动物以后，它们就会去喝水。你是知道的，那是因为血有腥味。”

“那畜生什么样？”他问道，“你还能认出它来吗？”他跨立在兔子残骸的正上方，向四周睃视，看着丛林中的阴影和绿屏——那些森林中易于藏身的地方。“血有腥味。”他重复了一句。

他拔出左轮手枪，检查了一下子弹，又放回了口袋。随后，他用手揪着自己那下垂的下唇。

“我想我还能认出那个畜生。我把它打晕了，它脑袋上应当有块不小的青痕。”

“那样的话，我们还得证明是它杀死了兔子，”蒙哥马利说道，“我真不该把这些东西带到这里来。”

我本还想说点什么，可是他却冲着被扯碎的兔子发愣。于是我走出去很远，寻找兔子的其他部分被藏在什么地方。

“走吧！”我喊道。

他从沉思中醒来，向我这边走来。

“你明白吧，”他几乎是在耳语，“它们应该有个根深蒂固的观念：不准吃地上跑的任何动物。如果某个兽人偶然尝到了血腥……”

我俩一言不发地走了一段路。

“我不知道发生了什么事。”他自言自语道。沉默了一会儿，他又说道：“前几天我干了件蠢事。我的那个仆从……我教它怎样剥兔子皮，怎样煮兔子肉。当时我还觉得奇怪……我见它舔手……但我没反应过来。”

过了一会儿，他又说：“我们必须制止这一切。我得告诉莫罗。”

回来的路上，他一直在想着这件事。

莫罗比蒙哥马利还重视这件事，不用说，我被他们的惊恐感染了。

“我们必须杀一儆百，”莫罗说，“我敢肯定豹人是罪犯。可是怎样才能证明是它干的呢？蒙哥马利，你真该忍一下食肉瘾，不要搞这些新花样。你这样干下去，我们都会陷入灾难。”

“我是个蠢驴。”蒙哥马利说道，“可是事情已经发生了。

而且你说过由我去掌管它们，是吧？”

“我们必须立即对这事做出处理，”莫罗说，“我想，如果发生意外，木铃会照料自己吧？”

“我对木铃也不太放心，”蒙哥马利说，“我想我本该早些了解它。”

下午，莫罗、蒙哥马利、我还有木铃穿过小岛，来到溪谷边的窝棚。我们三人都带了武器，木铃带了把在厨房劈柴用的小斧头和几捆绳子。莫罗的肩上背着一只放牛用的大牛角号。

“你会看到所有的兽人大集合，”蒙哥马利对我说，“真是壮观。”莫罗一路上一声没吭，但他那白髯框起来的大脸盘却显得阴沉沉的。

我们走过溪谷，谷里面的温泉水热气蒸腾，我们沿着蔗林间弯弯曲曲的小道走到一片开阔地，地上铺着厚厚一层黄沙样的东西，我想那一定是硫黄。从一片杂草丛生的陆地之上望去，海水波光粼粼。我们来到一个类似露天圆形剧场的浅凹地，停下了脚步。莫罗吹响了牛角号，打破了热带下午让人昏昏欲睡的寂静。他的肺活量一定很大，那号声越来越高，在一片回声中直击耳畔。“啊！”莫罗松了一口气，那弯弯的牛角号荡回了腰间。

黄色的蔗林里立即响起了甘蔗被折断的响声，从茂密的绿色丛林里传来兽人的声音。那片丛林边上就是我昨天跑过的沼泽。随后，从这块黄沙地的三面，也许是四面，露出了兽人怪异的身影。它们匆匆向我们跑来。看到一个又一个兽人从树林和草丛中跑出来，穿过晒得滚烫的地面蹒跚着往这边走，我心里不禁涌上一阵恐惧。但是莫罗和蒙哥马利稳稳当当地站在那里，我也只好跟他俩守在一起。第一个来的是羊人，它样子很怪，显得不真实，尽管如此，地上却有它的影子，它蹄子所到之处，尘土飞扬。跟在它身后从蔗林里出来的是个大块头的笨家伙，是用马和犀牛合成的，它边走边嚼着草。后面出现的是母猪人和两个母狼人。接着是狐和熊合成的巫婆，她的红眼珠嵌在小脑袋里。还有其他兽人，都匆匆忙忙地赶来。它们走上前的时候，就开始向莫罗讨好，自顾自地唱着法规的后半部分:“他的手是创造的手,他的手能伤害，他的手能治愈。”

它们在离我们大约三十码的地方停住了，纷纷跪倒在地，往头上抛沙土。想象一下这是一幅什么样的情景：我们三个穿蓝衣服的人，带着一个可怜巴巴的黑脸仆从，站在烈日高悬的一大片黄沙地上，身边是一群跪伏在地、打着各种手势的怪物。它们有的很像人,只是表情和手势令人费解;有的像瘸子;有的严重畸形，有点像我们梦幻中的外星人。远处，一面甘蔗林立，一面是把我们与溪谷、窝棚隔开的密密麻麻的棕榈树，北面是太平洋隐隐约约的水天线。

“六十二，六十三……”莫罗数着。

“还差四个。”

“我没看到豹人。”我说。

过了一会儿，莫罗又吹响了大牛角号。听到号角声，兽人纷纷匍匐在地，扭动不已。这时豹人鬼鬼祟祟地从蔗林里溜出来，身子贴着地皮，从莫罗背后钻进了兽群。我看清楚了，它前额上青了一块。最后来的是小猿人。先到的兽人匍匐在地上又热又累，都恶狠狠地瞟了它一眼。

“停！”莫罗用坚定、洪亮的声音命令道。兽人停止了膜拜，后臀着地，坐了下来。

“宣读法规的在哪里？”莫罗喝道。那灰毛怪物连忙将头叩到地上。

“念一下法规。”莫罗命令道。与此同时，跪着的兽人身子摇来摆去，用手扬着硫黄土，先是右手扬起一股尘土，然后是左手，接着又吟诵起那古怪的祷文。

当它们吟诵到“不吃鱼和肉，这是法规”的时候，莫罗举起瘦弱苍白的手。

“停！”他高喊道。兽群马上静了下来。

我想它们都知道下面要发生什么事，一个个都吓得要命。我把它们怪异的面部打量了一圈，看到它们明亮的眼里透着内心的颤抖和潜藏着的恐惧。我感到奇怪，我怎么会一度觉得它们像人呢。

“这条法律被破坏了！”莫罗吼道。

“无一例外。”没有脸的灰毛怪喊道。

“无一例外。”跪着的众兽人跟着重复道。

“是谁干的？”莫罗喊道，眼睛扫过一张张脸，猛抽了一鞭。

我觉得土狼人看上去很沮丧，豹人也一样。莫罗停住脚，盯着豹人。豹人胆怯地向莫罗爬去，它对难忍的疼痛折磨记忆犹新。“是谁干的？”莫罗重复了自己的问话，声音像雷劈。

“违犯法律者是恶人。”宣读法规的兽人吟诵道。

莫罗盯住豹人的眼睛，像是把豹人的灵魂都拽了出来。

“违法者——”莫罗说着，视线从豹人身上移开，转向我们。我觉得他的音调里有一种狂喜。

“回疼痛屋去，”兽人齐嚷道，“回疼痛屋，喔，主人！”

“回疼痛屋！回疼痛屋！”猿人喋喋不休地重复着，好像觉着这主意太棒了。

“你听到了吗？”莫罗一边问，一边向豹人转过身去，“我的朋友……喂！”

原来莫罗的眼睛一离开豹人，它就站起身来，这会儿，它的眼睛喷火，弯曲的嘴唇下露出闪闪的豹牙，径直向莫罗扑来。我相信，只有被吓疯了，它才会这样孤注一掷。周围六十多个怪物好像都站起身来。我拔出手枪。两个身影撞到一处。我见莫罗被豹人撞得向后退了几步。周围一片怒吼，所有兽人都在跑动。一时间，我觉得它们集体造反了。

豹人穷凶极恶的脸在我面前一闪而过，木铃在后紧追。我看到土狼和猪合成人的黄眼睛里闪着兴奋，好像有点想来袭击我。羊人也从土狼和猪合成人的驼背后面投来凶残的目光。我听到了莫罗的枪响，看到一道火光穿过混乱的兽群。大家都转向火光，它们的运动像带着磁力一样，把我的注意力也吸引向了那边。转瞬间，我也成了乱哄哄、又叫又嚷的人群中的一员，向豹人逃跑的方向追去。

这是我所感觉到的一切。我见豹人袭击莫罗，接着身边的一切似乎都在旋转，后来我跟着跑了起来。

木铃一马当先，在逃犯后面紧追不舍。在它身后是母狼人，舌头耷拉在外面，一蹿一蹿地飞跑。猪人紧随其后，兴奋地尖叫着，还有两个裹白布的牛人。后面是莫罗，他跑在一群兽人堆里，手里攥着手枪，宽边草帽被吹掉了，长而软的白发迎风飘动。土狼和猪合成人在我身边，跟我跑得一样快，不时地用它那兽眼偷偷地瞟我。其余兽人噼里啪啦地跑着，又喊又叫地跟在后面。

豹人钻进蔗林，高高的甘蔗被它压倒又反弹回来，啪啪地打在追捕者木铃的脸上。我们落在后面，等我们跑到蔗林时，前面的人已经为我们踩出了道路。我们在蔗林里追了大约四分之一英里时，豹人钻进了茂密的树丛，我们追赶的速度大受影响。我们是一大帮人在追赶，枝条打到脸上；绳子粗的爬藤挂住脖子，缠住脚腕；带刺的树枝把我们的衣服和皮肉都划破了。

“它是四脚着地跑过去的！”莫罗呼哧呼哧地说。我就在他身后。

“没有谁能逃脱。”狼熊合成人说道。它掩饰不住追猎的喜悦，冲着我直乐。

我们终于出了树丛，来到岩石间，又见到豹人了，只见它四脚着地跑得很轻松，还回过头来冲我们吼叫。见此情景，狼人一片欢呼。那豹人还穿着衣服，远远看去，它的脸还像人，但是四肢的运动却显然像猫科动物。它低垂着背，看那仓皇的样子，分明是一只被追逐的猎物。它跳过一些长着刺、带着花的矮树丛就不见了。木铃追了上去，但他跑到一半时又停了下来。

我们中的大多数都慢了下来，步伐大但却缓慢。穿过开阔地的时候，追赶的人群已拉成了一条线。土狼和猪合成人仍跑在我的身边，边跑边观察我，不时皱起嘴向我发出一阵咆哮般的怪笑。

在岩石滩边缘，豹人意识到再往前就是那个凸出的海岬。我来的那天晚上，它曾在那里跟踪过我。这时，它蜷起身子躲进了草丛里。但蒙哥马利看穿了它的诡计，把它赶跑了。

就这样，我呼哧呼哧地喘着粗气，在岩石间磕磕绊绊地跑，身上被草刺刮破了，脚下尽是杂草藤蔓。我帮着追赶犯法的豹人，土狼和猪合成人跑在我身边，疯狂地笑着。我跌跌撞撞地往前跑，头昏脑涨，心跳撞击着肋骨，差不多要累死了，可我不敢脱离追赶的队伍，因为那样的话，我就要跟这可怕的伙伴单独在一起了。我顾不上疲劳，顶着热带下午的炎热，磕磕绊绊地向前追。

终于，追猎的狂热降温了。我们把那畜生逼到了小岛的一角。莫罗手执皮鞭，让我们站成不太整齐的一线阵。我们慢慢地、慢慢地前进，边走边相互呼喊接应，向逃犯缩小包围圈。豹人不声不响，躲在树丛中看不见的地方。前几天的半夜里，它曾赶着我跑过这片树丛。

“稳住！”莫罗吼道，“稳住！”包围圈逐渐向一团矮树丛收拢，将那畜生围在里面。

“小心别让它跑了！”树丛对面传来蒙哥马利的声音。

我在树丛前的高坡上。蒙哥马利和莫罗在下方的海滩边搜索。慢慢地，我们穿过茂密的树枝树叶形成的天然大网向前推进。逃犯还是不作声。

“回疼痛屋！疼痛屋！疼痛屋！”猿人在右边离我大约二十码的地方叫道。

听到这个可怜家伙的叫喊，我原谅了它给我造成的所有恐惧。

马和犀牛合成人在我的右侧沉重地走着，我听得到枝条啪啦啪啦的折断声和拨开树枝的嗖嗖声。突然，透过一片层层叠叠的绿林，在半明半暗的浓密树丛里，我看到了我们正在追赶的兽人，于是停住了脚步。它尽量蜷缩成一小团，它的头向后扭着，闪闪发光的绿眼珠正盯着我。

我内心矛盾得出奇，我无法解释这是什么原因，可是那会儿，看到那东西一副动物相，眼睛闪闪放光，没修整好的人样脸形被恐惧扭曲了，我却又感到它具有人性。要不了多久，其他人也会发现它，它会被制服、被逮住，再到营地里去忍受那可怖的折磨。我猛地拔出手枪，瞄准它那充满恐惧的两眼中间，开了一枪。

我开枪的时候，土狼和猪合成人也发现了豹人，它大叫一声扑上前去，嗜血的牙齿直插豹人的脖子。四周树影晃动着，折断的枝条啪啦啪啦，其他兽人也涌向了这边，脸一个接一个地露了出来。

“普伦狄克，不要杀死它，”莫罗喊道，“不要杀死它！”他撩开枝藤弯腰走了过来。

接着，他用鞭子把土狼和猪合成人打跑了。他和蒙哥马利一起挡着那些兴奋不已的食肉兽人，特别是木铃，不让它们接近仍在痉挛的豹人。灰毛兽人从我臂下探出身子，嗅着那具尸体。其他动物仍然兴奋不已，它们推搡着我，让我上前看个仔细。

“普伦狄克，真该死！”莫罗嚷道，“它对我还有用处。”

“对不起，”我说，尽管并没感到歉意，“我一时冲动。”

一阵猛跑加上过度兴奋，让我感到有点恶心。我转过身去，推开围拢在周围的兽人，独自一人走向伸向大海的高地。在莫罗大呼小叫的指挥下，我看到三个裹着白布的公牛人开始往海水里拖豹人的尸体。

这会儿没人会来打扰我的独处。兽人像人类一样，对尸体表现出极大的好奇。公牛人往海滩拖尸体的时候，兽人聚作一团，紧随其后，冲着尸体又嗅又嚷。我走到高地上，看着那几个公牛人把那沉重的尸体搬到海里。在黄昏的天空之下，它们黑黑的。我心中像海浪一样猛地涌上一种感觉：岛上的一切都难以名状的荒唐。

在我脚下海滩的礁石间站着蒙哥马利和莫罗，猿人、土狼和猪合成人和其他几个兽人站在他们身边。兽人仍然兴奋无比，七嘴八舌地表达着对法律的忠诚。可是我心中坚信，那土狼和猪合成人必定跟杀兔案有牵连。我心中出现了一个奇怪的念头：尽管兽人轮廓粗陋，形象怪诞，可我面前这一切分明是整个复杂人生的缩影，充满了本能、理性和命运之间最简单形式的斗争。豹人碰巧完蛋了，这是唯一的不同。

可怜的兽类！我开始认识到莫罗暴行更残忍的一面。在这以前，我还从未想到过，兽人在手术伤愈以后会有些什么样的痛苦和烦恼。我只是为它们在营地里所忍受的伤痛感到过心寒。可现在看来，那没什么了不得的。在这之前，它们是兽类，它们的本能跟所处的环境完全一致，享受着动物的乐趣。可现在，它们却生活在人类的桎梏中，恐惧无休无止，莫名其妙的法律束缚着它们的手脚。它们对人类生活的模仿是在痛苦中开始的，而且将会是长期的心灵折磨，长期的对莫罗的恐惧。这又是为什么呢？这里面的荒唐性质令我不安。

如果莫罗的实验有什么可以理解的目的，我至少会对他有一点同情的。我并不是看见疼痛就大惊小怪的人，即使他是出于仇恨的动机，我也会多少原谅他的。可他就是那么不负责任，那么无所用心。他完全被好奇心、被毫无目的的研究狂热所驱动。他的那些“研究成果”被抛到外面，活上年把时间，挣扎，犯法，受苦，最后在痛苦中死亡。它们本身已充满痛苦，兽类习惯性的憎恨驱使着它们相互钩心斗角，而法律却禁止它们痛痛快快地厮杀一场，决一雌雄，了结心中的怨愤。

在那些日子里，我对兽人的恐惧与我对莫罗的担心一同增长。

我实际上陷入了一种病态，很深很深，很久很久，跟一般的恐惧不同。它在我的心灵深处留下了永久的伤疤。我得承认，看到世上竟容忍这座痛苦混乱的小岛存在，我不相信这个世界是正常的世界。

塑造人世百态的似乎是盲目的命运和一种巨大的无情的机制。而我、狂热地搞科研的莫罗、嗜酒成性的蒙哥马利，还有那些被本能与理性捆住手脚的兽人，都照例被无情而又复杂的、滚滚向前的轮子压碎碾烂。但是这种状况不是一时形成的……的确，我说这话的时候，已预感到灾难就要降临了。

第十七章
灾难

还不到六个星期，我对莫罗那些可耻的实验只剩下厌恶和憎恨了。我只有一个心愿，就是摆脱这些可怕的东西，回到人类温暖健康的生活中去。我曾逃离我的同类，这会儿在我的记忆里，他们却变得那么高尚和美好。我与蒙哥马利的友谊没有再增长。他脱离人类太久了，而且有酗酒的恶习，他显然很同情那些兽人。这一切都使我不喜欢他。有好几次，我让他单独与兽人厮混在一起。我不想与兽人有任何交往。

我越来越多的时间是在海滩上度过的，瞭望海面，寻找那从未出现过的能搭救我们的帆影，直到骇人的灾难发生的那一天。这个灾难彻底改变了我们的处境。

灾难发生在我上岛后的第七八个星期，我想也许更晚些，我没有费心去记时间。事情发生在早晨，好像是六点钟左右。三个兽人往院子里搬木头，我被吵醒了，很早就起了床，吃了早餐。

早餐后，我走到营地敞开的大门口，站在那里抽烟，呼吸着清晨的新鲜空气。过了一会儿，莫罗从营地的一角走来，与我打了个招呼。

他从我身后走过。我听到他打开实验室的门锁，走了进去。当时我对那地方憎恨已久，知道美洲狮又要经受一天新的折磨，我竟无动于衷。美洲狮见到它的迫害者，发出了一声尖叫，活像悍妇的声音。

这时，出事了。直到今天，我也弄不清究竟是怎么回事。我听到身后一声惊叫，有人跌倒的声音。我转过身来，见一张可怕的脸向我扑来，那不是张人脸，也不是动物的面孔，看起来阴森恐怖。棕色的脸上好像爬着一道道树枝状的红色伤疤，鲜血正从疤上滴下来。两眼怒火熊熊，上面没有眼睑。我挥起胳膊护住自己。它重重地一推，把我推倒在地，顿时我的小臂摔断了。那浑身扎着绷带的大怪物从我身上跳过去，跑了，几缕带血的绷带头在它身后飘舞。

我沿着海滩不停地翻滚，试图坐起身来，但摔断的胳膊撑不住身体，又摔了下去。这时莫罗跑出来了，他的前额流着血，苍白的大脸盘更骇人了。他一只手拿着左轮手枪，瞥了我一眼，匆匆向美洲狮追去。

我试着用另一只胳膊支撑着坐了起来。前面美洲狮的身影已经模糊，它一蹿一蹿地沿着海滩大步往前跑，莫罗在后面紧追不舍。

美洲狮回头看到了莫罗，身子猛地一纵，向矮树丛跑去。每跑一步，就把莫罗落远一段。美洲狮钻进树丛，莫罗斜插着追过去，想截住它。他开了一枪，没打中。美洲狮不见了，随即莫罗也消失在晃动的绿林之中。

我盯着他们消失的地方，觉得胳膊像火烧一样疼起来，我呻吟了一声，挣扎着站起身来。这时，蒙哥马利出现在门口，他衣着整齐，手里拿着左轮手枪。

“天啊，普伦狄克！”他喊道，没注意到我受伤了，“那畜生跑了！把镣铐从墙上拽下来了。你看到他们了吗？”见我抱着胳膊，他厉声问道：“怎么了？”

“刚才我正站在门口。”我说。

他走上前来攥着我的胳膊。

“你袖子上有血，”他说着，挽起了法兰绒衣袖。他把手枪放回口袋，把我的胳膊上下捏了捏——我疼得够呛——随后把我扶到屋里。“你的胳膊断了。”他说，“告诉我到底是怎么回事？出了什么事？”

我给他讲了我看到的一切。我说话断断续续，疼得不断吸气。我说话的当儿，他极为熟练地把我的胳膊迅速包扎起来，然后猛地把我的胳膊一甩，身子后退一步，看着我。

“你会好的，”他说，“现在该怎么办呢？”他思忖道。接着他走出去，锁上了营地的门。他出去了好大一会儿。

我主要关心的还是我的胳膊。我觉得这只不过是许多可怕事件的一次重演。我坐到躺椅上，坦白地说，我把这座小岛痛骂了一顿。

起初，胳膊只是钝痛，蒙哥马利回来的时候，胳膊炙痛起来。

他脸色苍白，下牙龈露出的比任何时候都多。

“我看不到他的人影，也听不到他的声音，”他说道，“我想他也许需要我的帮助。”他盯着我，面无表情。“那可是个力大无比的畜生，”他说，“竟把镣铐从墙上扯了下来。”

他走到窗前，又走到门边，然后转过身来冲着我。

“我得去找他，”他说，“还有一只左轮手枪，我留给你。说实话，我有点担心。”

他取出手枪，搁在我放在桌子上的手里，走了出去。空气中都弥漫着他的不安。他走后，我没坐多久就拿起左轮手枪，走到门口。

那天早晨，周围死一般的寂静，没有一丝风，大海犹如一面镜子，天空空荡荡的，海滩显得很凄凉。我半是兴奋，半是发烧，这里的万籁俱寂让我感到压抑。

我试着吹口哨，声音消失在空寂里。我又骂了起来，这是我早晨起来后第二次骂人。随后我走到营地一角，盯着吞没莫罗和蒙哥马利的绿树丛。他们什么时候能回来？回来的时候会是什么样子？

一个灰色的小兽人从远处的树林里走出来，跑到水边，四处溅水玩。我踱到门口，再回到这个角落，接下来像个值勤哨兵一样踱来踱去。有一次，我注意到远处传来蒙哥马利的喊声：

“喂——莫——罗！”

我的胳膊不太疼了，却发烫。我发烧了，口渴。我的影子越来越短。我望着远处兽人的身影，直到它消失。

莫罗和蒙哥马利再也回不来了吗？三只海鸟在争抢涨潮时冲上来的什么宝贝。

这时，营地后面的远处传来一声枪响。一阵长长的沉寂之后，又是一声枪响。接着稍近些的地方传来了人的喊叫声，随后又是一段沉寂，令人绝望。我不幸的想象力开始折磨我。这时近处突然响了一枪。

我走到那个角落，吃惊地看到了蒙哥马利。他脸色紫红，头发蓬乱，膝盖处的裤子破了，惊恐万状。木铃跟在他身后，没精打采的，下颚周围有些奇怪的棕色痕迹。

“他回来了吗？”他问道。

“莫罗吗？”我应道，“没回来。”

“天啊！”他上气不接下气，呼哧呼哧的像是要哭了。“进屋吧，”他说着挽起了我的胳膊，“他们疯了。跑疯了。出什么事了呢？我搞不懂。我喘口气就告诉你。哪有白兰地？”

他在我的前面一瘸一拐地进了屋，坐到躺椅上。木铃躺倒在门外，像狗一样喘息不已。我给蒙哥马利拿来白兰地和水。他坐在那里，两眼无神地盯着前方，呼呼地喘气。过了一会儿，他给我讲起了他的遭遇。

蒙哥马利循着他们的踪迹往前追了一段路。起初，踪迹明显，一路上到处是踩倒折断的小树和美洲狮绷带上掉下来的碎片，有时在矮树丛的叶子上也能看到血迹。

我曾看到兽人喝水的小溪对面是石头地，蒙哥马利追到那里，找不到踪迹了，只好向西漫无目的地走去，一边走一边喊着莫罗的名字。

后来，木铃拿着一把小斧头来到了他的身边。木铃一点也不知道美洲狮的事，听到蒙哥马利的喊叫声时，它正在砍柴。他俩接着往前走，一起喊着。两个兽人蹲在矮树丛下看着他俩。它们鬼鬼祟祟，举止怪异，令蒙哥马利十分吃惊。他向它们打招呼，它们满面羞愧地逃走了。在那之后，他不再叫喊了。他俩又漫无目的地走了一段时间，决定去看一看兽人的窝棚。

他发现溪谷里空无一人。

每过一会儿，他都更加惊愕，于是原路返回。这时，他碰上了我上岛那天夜里看见的那两个蹿跳的猪人，它们嘴边血迹斑斑，兴奋异常。它们一路踩踏着小树而来，见到蒙哥马利后露出一脸凶相。

他有点惊慌，抽了一响鞭，兽人立即向他扑来。以前没有哪个兽人敢这么干。他一枪把一个兽人的脑袋打穿了，木铃扑向了另一只，在地上滚作一团。

木铃把那兽人压到了身下，牙齿咬进了它的脖子。那兽人在木铃身下挣扎的时候，蒙哥马利开枪把它打死了。之后，蒙哥马利费了很大劲，才诱使木铃继续跟他往回走。

就这样，他们匆匆地赶回到我这里。回来的路上，木铃突然冲进了一处密林，赶出一只小豹猫人。小豹猫人嘴巴上也有血，脚受了伤，一瘸一拐的。这畜生逃了一小段路，就回转身来，凶残地做困兽之争。蒙哥马利呢——我想他这会儿有点杀戮成瘾——开枪把它打死了。

“这意味着什么？”

他摇了摇头，又去喝白兰地。

第十八章
找到了莫罗

看到蒙哥马利连喝了三杯白兰地，我便开始干预他。他已经半醉了。我对他说莫罗一定是出了什么严重的事情，不然早该回来了。我说我们有必要弄清楚究竟出了什么事。蒙哥马利嘟哝着不愿去，可最终还是同意了。我们三个吃了点东西，随后就出发了。

可能我当时太紧张了，直到现在，那天的情景还十分清晰。木铃走在头里，它驼着背，那颗怪怪的黑脑袋一弹一弹地转来转去，先是转向这一边，随后转向另一边。它没带武器，它的斧头在跟猪人遭遇的时候弄丢了。要搏斗的话，牙齿就是它的武器。蒙哥马利步履蹒跚地跟在后面，手抄在口袋里，脑袋耷拉着。他喝多了，糊里糊涂的，对我阴沉着脸。我的左胳膊吊了起来——还好碰巧是左臂——右手握着左轮手枪。

我们选择茂密森林的林间小道，往西北方向走去。木铃突然停了下来，高度警惕，身体都僵硬了。蒙哥马利也止住了脚步，差点撞到它身上。我们屏息细听，听到树林里有朝我们走来的脚步声和说话声。

“他死了。”一个低沉的颤音说道。

“他没死，他没死。”另一个叽叽喳喳的声音说。

“我们亲眼看见的，亲眼看见的。”几个声音一齐说。

“喂！”蒙哥马利突然喊了起来，“喂，谁在那里！”

“该死！”我说着握紧了手枪。

一阵寂静过后，草木交错的林间传来枝条被折断、草木被踩踏的声音，一忽儿这边，一忽儿那边，接着出现了六张怪异的面孔。木铃喉头里低吼着。我认出了猿人，在这之前就已经听出了它的声音。还有两个我在蒙哥马利的划艇上见过，是裹着白布、面色棕黄的家伙。同它们一起的还有两个身上有斑点的怪物，以及那个诵读法律的坏家伙，它银灰色的眉毛浓浓的，银灰色的头发像小溪一样从脸颊上披下来，毛发一缕缕地沿着有坡度的前额搭在面颊上，看上去像一个没有面孔的大怪物，一双怪怪的红眼睛从绿影中好奇地盯着我们。

有挺长一段时间，谁也没吭声。然后蒙哥马利打着嗝说道：

“谁……说他已经死了？”

猿人不无愧疚地看着那灰毛怪。

“他死了，”灰毛怪说道，“它们看见的。”

这话很平静，好像没有什么威胁。它们好像很敬畏，很困惑。

“他在什么地方？”蒙哥马利问道。

“在那边。”灰毛怪用手指着说。

“现在还有法律吗？”猿人问道，“还有这样那样的规矩吗？他真的死了吗？”

“还有法规吗？”裹着白布的兽人也问道。

“还有法规吗，你这第二个执鞭人？他已经死了。”灰毛怪说道。

它们都站在那里盯着我们。

“普伦狄克，”蒙哥马利说，他那迟钝的目光转向了我，“他死了，显然死了。”

它们议论的时候，我一直站在蒙哥马利的身后。我开始看清摆在我们面前的形势。我猛地走到蒙哥马利前面，大声说道：

“受法规约束的孩子们，”我说，“他没有死。”

木铃目光炯炯地看着我。

“他变了形，改变了躯壳，”我继续说道，“你们一时间是看不到他的。他在——那儿，”我用手指着天上，“他在天上看着你们。你们看不见他，他却能看见你们。当心法规的惩罚吧。”

我直视着它们。它们畏缩了。

“他真伟大，他是好人，”猿人说着，胆怯地瞟了一眼枝杈茂密的上方。

“那么他追的那一个呢？”我追问道。

“那个浑身流血、边跑边哭叫的家伙，它也死了。”灰毛怪说道，眼睛仍盯着我。

“这就好。”蒙哥马利嘴里哼道。

“另一个执鞭人。”灰毛怪又开口说道。

“怎么？”我问道。

“另一个执鞭人说他死了。”

蒙哥马利还没醉到搞不懂我为什么不承认莫罗已死的地步。

“他没死，”他缓慢地说道，“根本没死，像我一样，活得好好的。”

“有些兽人，”我说道，“违犯了法规。它们会死掉的。有几个已经死了。好吧，带我去看看他原来的躯壳在什么地方。他扔掉了那个躯壳，因为他用不着了。”

“曾跑进海里去的先生，请往这边走。”灰毛怪说道。

在六个兽人的带领下，我们穿过纠缠交错的树丛爬藤往西北方向走去。这时，传来一声大叫和树枝啪啦啪啦折断的声音，一个粉红色小兽人尖叫着从我们身边跑过，一个凶猛的怪物——身上血迹一道一道的——在它身后紧追而来。怪物还没来得及停住脚步，就早已冲到我们中间了。

灰毛怪跳到一边。木铃咆哮一声，扑上前去，也被打到一边。蒙哥马利冲它开了一枪，没打中。蒙哥马利把头一低，扔了枪，举起双手，转身就跑。我也开枪了，那家伙还在往前冲，我又冲它那丑陋的脸上开了一枪。火光闪处，看不见它哪里是鼻子哪里是眼了。它的脸被打了个窟窿，可是它还是从我身边冲过，抓住了蒙哥马利，一头栽倒在他的身边，在垂死挣扎中，将蒙哥马利拽倒在自己身上。

我发现身边只剩下了木铃、那死去的怪兽和仰面朝天的蒙哥马利。蒙哥马利慢慢地坐起来，莫名其妙地看着身边被打烂的兽人，这下清醒多了。他挣扎着站起来。这时我见灰毛怪小心翼翼地从树林里走了回来。

“瞧，”我用手指着被打死的兽人说，“法规不是还存在吗？这就是违法的下场。”它瞥了一眼尸体。

“他施放毁灭的火焰。”它用洪亮的声音重复着法规的段落。

其余兽人都聚集在周围，盯着瞧了一会儿。

最后，我们来到小岛的最西端。我们看到了那具美洲狮的尸体——已被肢解和啃咬过，肩胛骨被子弹打碎了，又走了大约二十码，才终于找到了我们想要找的目标：他脸朝下，躺在被踩踏得凌乱不堪的甘蔗地里。

他的一只手几乎被从腕子上扯了下来，他的银发里沾着血迹，脑袋被美洲狮的镣铐打碎了，他身下折断的甘蔗上血迹斑斑。我们没找到他的左轮手枪。蒙哥马利把他翻了过来。

莫罗很重，我们在七个兽人的帮助下，一路上走走歇歇，终于把尸体抬回了营地。夜漆黑漆黑的。有两次，我们听到兽人怒吼尖叫着从附近跑过，却看不见它们在哪儿。那个粉红色的小树懒人出现过一次，盯着我们看了一会儿又消失了。不过我们没再受到袭击。到了营地门口，帮助抬尸体的那几个兽人走了，木铃也随它们去了。我们把大门锁好，然后又把莫罗被撕咬得模糊一片的尸体抬到院子中间，放到一堆柴枝上。

随后，我们走进实验室，把所有喘气的东西杀了个精光。

第十九章 蒙哥马利的“假日”

一切都了结之后，我们洗干净，吃过饭，一起来到我住的小房间里，第一次认真地讨论我们的处境。当时已近午夜，蒙哥马利基本上醒酒了，显得心神不宁。他奇怪地生活在莫罗人格的影响之下，我猜他从未想到莫罗会死。他在小岛上生活了十多年，单调的生活习惯已经成为他性格的一部分，莫罗之死打破了他的生活常规。他语意含糊，所答非所问，一会儿就扯到不着边际的事情上去了。

“这个蠢驴般的世界，”他说道，“毫无道理！我就没有过过真正的生活，不知道什么时候才能过上像样的日子。在刚愎自用的护士和学校老师的欺压下度过了十六年，又在伦敦学了五年医学，吃得糟糕，住得简陋，穿得寒酸，错误连连，什么东西也没学到。接着就被弄到这野兽出没的荒岛上，一待就是十多年！

这究竟是为什么，普伦狄克？难道我们是小孩子吹出来的肥皂泡吗？”

想制止这样的胡言乱语，我显得无能为力。“我们现在要考虑的是，”我说道，“如何逃离这座荒岛。”

“逃走又怎样？我是个被抛弃的人。你让我回到什么地方去？你当然没问题了，普伦狄克。可怜的莫罗！我们不能把他丢在这儿，让鸟啄他的尸骨。实际上……而且还有，那些好兽人又怎么办呢？”

“噢，”我说道，“明天我们就可以料理完。我想我们可以堆个柴堆，把他的尸体焚烧了。至于其他兽人……它们会出什么事呢？”

“我不知道。那些原为猛兽的兽人迟早会出洋相的，但我们不能把它们全杀死，是吧？我想你的人性不会同意那样做吧？可是它们会变的，一定会变的。”

他的话太不得要领，我忍不住想发脾气。

“真该死！”他见我抱怨，吼道，“你看不出来我比你的处境更糟吗？”他站起身来去拿白兰地。“喝酒！”他拿了酒，冲我说道，“你这个强词夺理、什么也不信服的白面书生，喝酒！”

“我不喝。”我说。我坐在那里，不无讨厌地看着石蜡灯光里他的脸。他喝得酩酊大醉，喋喋不休。记得我当时十分厌烦。他却又无限伤感地替兽人和木铃辩护起来。

他说，木铃是唯一真正喜欢他的人。蓦地，他想起件什么事来。

“我真该死！”他说道，紧握着白兰地瓶子摇摇晃晃地站了起来。凭直觉我知道他想干什么。

“你别让那畜生喝酒！”我说着站起身来，拦住了他。

“畜生？”他嚷道，“你才是畜生。滚开，普伦狄克。”

“看在老天的分上。”我说道。

“滚——开！”他吼道，猛然拔出了手枪。

“好吧，”我说着，闪到了一边，想等他开门的时候扑上去，可是一想到我的一只胳膊使不上劲，就作罢了，“你变成兽类了，去找你的同伴去吧。”

他猛地把门拉开，脸半冲着我站在门口，一面是昏黄的灯光，一面是苍白的月色；黑黝黝的眼窝深陷在又短又粗的眉毛底下。

“你假装正经，普伦狄克，你这头蠢驴！你总是担惊受怕，想入非非！你神经质！我明天就自杀，今晚我要痛痛快快地去度假。”他转过身去，走进月光里。“木铃！”他喊道，“木铃，老朋友！”

银色的月光里，三个影影绰绰的兽人从海滩走来，其中一个裹着白布，另外两个黑乎乎的身影紧随其后。

它们停下了脚步，愣愣地看着。随后，我看到木铃耸着肩膀从房子拐角后面转了出来。

“喝酒！”蒙哥马利嚷道，“喝酒，你们这些畜生！喝酒，像人一样！我最聪明！莫罗竟忘了这个办法，这是兽变人的终极之笔。我要你们喝酒。”酒瓶在他的手里摇晃着。他快步向西走去，木铃在他和另外三个模糊的身影中间。

我走到门口，月光里他们的身影已变得模糊。这时，蒙哥马利停了下来，给木铃喝了口酒。我眼见着五个身影融成模糊的一团。

"唱！"我听到蒙哥马利在喊，"一起唱，'老普伦狄克真该死！'……对，再来，'老普伦狄克真该死！'" 那一簇影子又分成五个身影，沿着泛光的海滩向远处迤逦而去，各自尽情号叫，喊着骂我的话，发泄着白兰地激起的酒劲。

过了一会儿，我听到蒙哥马利在远处喊："向右转！"他们的高呼声、喊叫声渐渐消失在岛上黑暗的树丛中。他们的声音渐渐地、渐渐地听不到了。

美丽的夜恢复了寂静。这会儿，月亮早已爬过中天向西方落去。空空荡荡的夜空里只有一轮圆圆的月亮，分外明亮。

一码宽的墙的阴影躺在我的脚边，黑漆漆的。东边的大海灰蒙蒙的一片，幽暗神秘。在大海和阴影之间，灰色的沙滩（里面有火山玻璃质和晶体）闪闪发光，像是一摊钻石。身后，石蜡灯摇曳着火红的光。

我关上院门，上了锁，走进营地。营地里躺着莫罗和刚被杀死的实验品——猎犬、牦牛，还有一些可怜的别的动物。虽然莫罗死得很惨，但他的大脸盘依然很平静，他睁着两只眼睛，直直地瞪着惨白色的月亮。我坐到水池边沿上，盯着银色月光里那堆不祥的影子，开始考虑我该怎么办。

我打算第二天早晨弄些食物和水到小船上去，把面前的这堆干柴点着，然后乘上小船往海的深处进发。至于蒙哥马利，我觉得他已经不可救药了。实际上他已跟那些兽人差不多了，不再适合与人类为伍了。

我也不知道坐在那里思索了多久，肯定有一个多小时。这时蒙哥马利回到了附近，打断了我的思绪。我听到众多兽人的声音，狂喜地乱喊着向海滩跑去，又吼又嚷，夹杂着兴奋的尖叫。它们似乎在水边停了下来，叫嚷声此起彼伏。我听到重击声和木头劈裂的声音，可当时我不以为然。

又响起了五音不全的吟唱声。

我的思绪又回到怎样逃走的问题上。我站起身来，端上灯，来到一个小棚子，我曾在那里见到过一些小桶。我注意到有一些饼干桶，想看看里面装的是什么。我打开了一只，眼角瞥见一只红色的小动物，我猛地把头扭向一边。

我身后是院子，在月光里黑白分明，还有一堆柴草，上面躺着莫罗和他那些被肢解的实验品，一个摞一个，好像至死还相互仇恨，扭打在一起。莫罗的伤口开裂着，像夜一样幽暗，流在沙地上的血一摊一摊的。这时，我看到一个奇怪的幻象，一团红光跳跃闪烁，爬上了对面的墙壁，我搞不懂这是怎么回事，以为是我手里的灯影，就又翻找棚里的东西。

我用一只胳膊翻来找去，找到了一件又一件有用的东西，把它们放在一旁，准备明天出海用。我干得很慢，时间很快就过去了。

不多会儿，天已渐渐放亮。

吟唱的声音停止了，继而是一阵阵喧闹声，然后又开始唱了，突然一阵骚动。我听到兽人齐喊“还要，还要！”像是在吵架，突然传来一声惨叫。那边的声音变了性质，引起了我的注意。我走到院子里静听。这时传来一声枪响，像一把快刀斩断了混乱的喊叫。

我赶忙穿过我的小房间来到小门口。就在这时，我听到身后摞在一起的箱子滑下来，摔在小棚子的地上，响起一阵玻璃破碎的声音。可是这并没引起我的注意。我猛地把门打开，向外张望。

在船棚旁边的海滩上燃着一堆篝火，火星儿在黎明的模糊中蹦蹿，几个黑影在篝火周围扭打作一团。听到蒙哥马利在唤我的名字，我立即拿着手枪向篝火跑去。蒙哥马利躺在地上，他的枪口贴着地皮吐出一团火舌。我尽力高喊着，并对天鸣枪。

我听到一个兽人喊：“主人来了！”那一团黑影分成了几小簇，篝火跳跃了几下，火势弱了下来。那群兽人见我跑来，突然惊慌地向岛里逃窜。我很冲动，冲着它们消失在灌木丛里的背影又打了几枪，随后才转身查看躺在地上的黑影。

蒙哥马利仰面躺着，在他身上横躺着那个灰毛怪。那兽人已经死了，但它弯弯的爪子却还紧抓着蒙哥马利的咽喉。木铃在旁边静静地俯卧着，它的脖子已被咬断，手里还攥着打碎了的上半截白兰地瓶子。火堆旁还躺着另外两个兽人，一个一动不动，另一个发出一阵阵呻吟，不时慢慢地抬起头来，接着又垂下去。

我抓住灰毛怪，将它从蒙哥马利的身上拽了下来。我拽它的时候，它的爪子很不情愿地扯着蒙哥马利的烂衣服。

蒙哥马利脸上乌黑，奄奄一息。我向他的脸上洒了些海水，然后将衣服卷起来垫到他的头下。木铃死了。火边受伤的兽人是个脸上有灰毛的狼人，上半身躺在还冒火的木头上。那可怜的东西伤得太重了，出于怜悯，我马上开枪打碎了它的脑袋。另一个是裹着白布的公牛人，也已经死了。

其余兽人已经离开了海滩。我又走到蒙哥马利身旁，跪了下来，痛恨自己不懂医学。

身边的篝火就快熄灭了，灰白的灰烬中间只有几段炭黑的木头还闪着火光。我心中闪过一个不经意的念头：蒙哥马利是从哪里弄来的木柴？这时天已放亮。天空亮了起来，在光亮的蓝天里，月亮显得苍白暗淡。东面的天空已经发红。

这时，我听到了身后的轰隆声和嗖嗖声，扭头一看，不觉惊叫一声，跳起身来。衬着温和的黎明，一团团浓烟从营地里涌向空中，翻腾的浓烟之中夹着一条条血红的火舌。草屋顶被火吞没了。火焰沿着坡上的干草蜿蜒而上。我那小房间的窗口里也喷吐出火舌。

我一下子就明白了发生了什么事。我记起了听到的玻璃破碎的声音。我冲出来救蒙哥马利的时候将灯打翻了。

想从营地抢救出点东西已经不可能了，这个问题直接摆在了面前。我想起了逃走的计划，猛地转脸寻找海滩上的那两条船。

船不见了。我身边有两把斧头，木头碎片散落了一地。篝火的灰烬在黎明中显得更黑，烟更加清晰。他把船烧了，为的是报复我，断掉我们回到人类中间的退路。

我猛然怒火中烧，恨恨地盯着无力地躺在脚边的他，差一点就要把他那愚蠢的脑袋打碎。突然，他的手动了一下，十分微弱，那样子令人怜悯，于是我的怒火熄灭了。他呻吟着，眼睛睁开了一会儿。

我跪在他身边，扶起他的头。他又睁开了眼睛，默默地看着黎明的天空，随后与我的目光相遇了。他垂下了眼帘。

“对不起，”过了一会儿，他费力地说道。他好像在想着什么。“完结了，”他喃喃道，“这愚蠢的世界完结了。真是一片混乱……”

我聆听着。他的头无力地垂到了一边。我想给他点酒喝也许能让他活过来，可是旁边既没有酒也没有用来盛酒的器皿。他的身体突然变得沉重起来，我的心一下就凉了。

我凑近他的脸，将手伸进他的上衣去摸他的心跳。他死了。在他死去的时候，东边探入小岛的海湾上方露出一线白热的阳光，将光明洒向万里晴空，给幽暗的大海洒下粼粼波光，给他那张死后皱缩的脸上蒙上一层辉煌。

我轻轻地把他的头放在我给他做的简陋枕头上，站起身来。我的面前是闪烁着波光的大海，我已领教过海上的孤寂。在我身后是小岛，它在黎明十分静悄悄的。岛上的兽人不见踪影，沉寂无声。存放给养和弹药的营地，随着一股股突如其来的烈焰，一忽儿砰砰、一忽儿啪啪地燃烧着。浓烟漫卷，向远离我的相反方向飘去，紧贴着树梢飘向溪谷边的窝棚。在我身边是两条被烧掉的船的灰烬和五具尸体。

这时，从灌木丛里走出三个兽人，耸着肩膀，嘴巴前伸着，别扭地握着不成形的手，眼里闪着不无恶意的探询目光，犹犹豫豫地向我走来。

第二十章
独陷兽人群

我单独面对这些兽人，面对自己在它们中间的命运。确实是单独，因为我的一只胳膊骨折了。衣袋里有一支左轮手枪，两个枪膛都空了。海滩上的碎木片里有两把用来劈船的斧头。身后的大海正在涨潮。

除了勇气，我无依无靠。三个兽人正朝我走来，我直瞪瞪地盯着它们的脸。它们避开我的视线，鼻子一抽一抽地嗅着海滩上的尸体。我往前走了五六步，从狼人身下捡起沾着血迹的皮鞭，“啪”地抽了个响鞭。

它们停下脚步，瞪着眼睛看着我。

“敬礼，”我命令道，“跪下！”

它们犹豫了一会儿，其中一个膝盖弯曲了。我重复着命令，向它们走去，心提到了嗓子眼。一个兽人跪下了，接着另两个也跪了下来。

我转身向尸体走去，脸却仍冲着那三个跪在地上的兽人，很像演员走过舞台，脸却一直冲着观众。

“它们犯了法，”我说着，一只脚踏在法规宣读者的尸体上，“它们被杀死了，包括诵法人，甚至包括另一个执鞭人。法规威力无比！你们过来看看吧。”

“无一例外。”其中一个兽人嘴里念诵着走上前来看了一眼。

“无一例外。”我说道，“所以你们要听我的，照我说的去做。”它们站起身来，相互看了看，心中充满疑惑。

“站好了！”我命令道。

我捡起斧头，把它挂到吊着胳膊的吊带上，又把蒙哥马利的身子翻了过来，拾起他的左轮手枪，枪里还有两发子弹。我弯下腰又翻了翻，在他的口袋里找到了五六发子弹。

“把他抬起来，”我直起身来，用鞭子指着命令道，“把他抬起来，扔到海里去。”

它们走上前来，显然还害怕蒙哥马利，可是更害怕我手里抽响带血的鞭子。它们摸摸索索，犹犹豫豫。我又是吼又是抽鞭子，兽人终于带着十二分的小心把他抬了起来，走下海滩，哗啦哗啦地走进闪着耀眼波光的大海。

“往前走，”我吼道，“往前走！抬远一点。”

兽人走到水齐腋窝的地方，停下来望着我。“放下。”我命令道。蒙哥马利的尸体溅起一阵水花就不见了。我的心里好像有样东西被拉紧了似的。“好！”我声音有点沙哑地说。它们害怕什么似的慌忙回到岸边，在银光闪闪的海面上踏开了一条长长的黑色水浪。它们到了岸边，又赶忙转过身去，望着海里，好像担心蒙哥马利随时会从海里站起来，报复它们。

“现在来搬这些。”我指着其余尸体命令道。

它们小心翼翼地不到扔蒙哥马利入水的地方去，而是抬着四具兽人的尸体沿着海滩斜行大约一百码才走进海里把它们扔掉。

我正看着它们搬木铃那残缺不全的尸体，忽听身后有轻轻的脚步声。我一个急转身，只见土狼和猪合成人已走到离我约十二码的地方。它低着头，贼亮的眼睛紧盯着我，两只短粗胖的手紧紧攥着，贴在身边。见我转过身来，它就以这样的姿势站住了，眼睛略微瞄向一边。

一时间，我们站在那里，四目相对。我把鞭子扔下，一把抓住衣袋里的手枪。我想一有借口就马上打死这个畜生。这家伙是岛上现存的最可怕的兽人。这未免有点不磊落，可我当时已下定决心。我对它的恐惧要比对另外两个兽人的恐惧大得多，我很清楚，让它继续活下去必将威胁我的生命。

我用了十几秒钟鼓起了勇气，然后吼道：

“敬礼！跪下！”

它冲我吼了起来，牙齿闪闪发光。

“你算老几，我还要……”

也许有点太冲动，我拔出手枪，迅速瞄准，开火。只听它大叫一声，往旁边跑了几步，然后转过身来。我知道没打中，就用拇指扳回机头，准备再打第二枪。可是它已经撒腿逃走，忽左忽右跳闪着，我不敢冒再次打不中的风险。它沿着海滩一路斜跑，不时转过头来看我有什么动静。营地还在燃烧，滚滚浓烟不断地冒出来。土狼和猪合成人一溜烟消失在滚滚浓烟里。我站在那里，朝它逃走的方向看了好一会儿。我转向三个驯服的兽人，示意它们把正在抬着的尸体扔掉。随后我回到那堆篝火旁边，就是刚才有多具尸体的地方。我用脚踢着沙子，直到所有血迹都被吸收、被沙子盖上为止。

我挥手解散了我的三个奴隶，向岛里的密林走去。我手里拿着手枪，鞭子和斧头搭在吊着胳膊的吊带上。我特别想独自一人认真地考虑一下目前的处境。

我突然意识到一个可怕的事实：在整个岛上，已没有了我可以独处和睡觉休息的安全之地。上岛以来，我的体力恢复快得令人吃惊，可是压力大的时候，我还是容易紧张，容易精神崩溃。我觉得我应该到岛的另一边去，确立我在兽人中的地位，在它们的信任中获得安全，可是我心乱如麻。我回到海滩，向东路过仍在燃烧的营地，走到一小片珊瑚浅沙滩上，这片珊瑚沙滩伸向海里的暗礁。在这里我可以坐下来思考，我背对着大海，正面可以对付任何偷袭。我坐了下来，下巴抵在膝头上，太阳灼烤着我的头顶。我心中的恐惧在剧增，琢磨着怎么样才能活到得救的那一天（如果有人来救的话）。我想尽量平静地分析一下自己的处境，可就是不能排除胡思乱想。

我开始琢磨蒙哥马利为什么说“它们会变的，一定会变的。”还有莫罗的话——他是怎么说的来着？“顽固的兽性皮肉一天天地再生……”我又想到了那个土狼和猪合成人。我敢断定，如果我不把那畜生杀死，它肯定会来杀死我……诵法者死了，太不幸了！它们现在知道执鞭人也可以被杀死，就像它们一样会被杀死……

它们是不是已经在透过那边绿色的蕨藤和棕榈树丛窥视我的行动，就等我走进它们能扑倒我的地方？它们是不是在密谋算计我？那土狼和猪合成人会对其他兽人说些什么？我的想象力把我带到了一片充满未知恐惧的沼泽地。

我的思路被海鸟的叫声打断了，它们正急匆匆地飞往营地附近的海滩，在那里，海潮送上来一团黑东西。我知道那是什么，可我没有心思走回去把鸟赶开。我沿着海滩向相反的方向走去，打算绕过小岛的东端，这么走可以不经过密林中容易遭伏击的地方，直接到达溪谷边的窝棚。

沿海滩走了大约半英里，我发觉那三个兽人中的一个从岸上的灌木丛里出来，正朝我走来。这会儿，由于胡思乱想太多，我有点神经质，马上拔出了手枪。甚至那兽人一副讨好的样子也没能让我把枪放下。

它犹豫不决地往前走。

“滚开！”我吼道。

它那一副讨好主人的样子让人想起狗来。它后退了几步，很像只被迫回家的狗，又停住了脚步，两只棕色的狗眼央求地看着我。“滚开！”我喊道，“别靠近我。”

“我不可以靠近你吗？”它问道。

“不可以！滚开！”我坚持道，抽了一声响鞭。然后，我用牙咬着鞭子，弯腰去捡石头，这才把它吓跑。

于是我孤身一人来到兽人居住的溪谷附近，藏在大海和溪谷之间的杂草和芦苇丛中，观察路过的兽人，从它们的表现来判断它们怎么看待莫罗和蒙哥马利的死，以及疼痛屋的被烧毁。我现在意识到我的胆怯所铸成的大错。如果我的勇气能一直保持在黎明时的水平，而不是在苦思冥想中被消磨掉的话，我本可以掌握因莫罗之死出现的权力真空，控制这帮兽人。可是现在，我失去了这一机会，沦为只能领导少数兽人的头领。

快到中午的时候，几个兽人出来了，蹲在热沙地里晒太阳。我又饿又渴，吃饭喝水的愿望战胜了胆怯。我从灌木丛里走出来，手里握着枪，向这些兽人走去。先是其中一个，是个母狼人，转过头来盯着我，接着其他几个兽人也看过来。没有一个想站起身来，或者向我致敬。我觉得太虚弱，太疲倦，没有精力驯服这么多兽人，暂且顺其自然吧。

“我要吃的。”我一边走近它们，一边不无歉意地说。

“窝棚里有吃的。”一只公牛和公猪合成人懒洋洋地说，看也不看我一眼。

我从它们身边走过，向下走到树荫里，迎着刺鼻的气味，走进几乎空无一人的溪谷。在一间空窝棚里，我吃了些水果。随后，我在入口处支起了霉迹斑斑的半朽树枝，手按着枪，把脸凑到门洞向外张望。这时，过去三十多个小时的疲倦一起袭来，我迷迷糊糊地睡着了。我相信，如果有人想挪开我修建的这个脆弱工事的话，必会发出声音，使我免遭偷袭。

第二十一章

兽人的退化

就这样，我成了莫罗博士岛上兽人中的一员。当我醒来的时候，周围已经黑了下来。绷带里的胳膊疼痛难忍，我坐起身来，起初不知道自己在什么地方。这时我听到外面兽人声音嘈杂，接着发现我竖起的栅栏不见了，窝棚洞门大开。左轮手枪还在我的手里。

我听到喘息声，只见有个什么东西紧紧地蜷缩在我的身边。我屏住了呼吸，想看清那是什么。那东西慢慢地、慢慢地动了起来。接着，一个暖乎乎、软乎乎、湿漉漉的东西从我的手心划过。

我全身的肌肉都绷紧了，猛地把手抽了回来。我吓得想大叫，可是却喊不出来。我这才想起刚刚发生的一切，手紧按住手枪。

“是谁？”我沙哑着嗓子低声问道，把枪对着它。

“是我，主人。”

“你是谁？”

“它们说现在没有主人了。可是我知道，我知道。我往海里抬过尸体，哦，投海人，那些人都是你杀死的。我是你的奴隶，主人。”

“你是我在海滩上遇见的那一个吗？”我问道。

“正是，主人。”

这个家伙显然忠心耿耿，否则在我睡觉的时候它早就把我咬死了。

“很好。”我说道，伸出手来让它再舔一次。我开始意识到它的存在对我很有好处，于是我的勇气又回来了。“其他兽人在哪里？”我问道。

“它们都发疯了，它们是傻瓜。”狗人说道，“它们现在还在那边说疯话呢。它们说，‘主人死了，另一个执鞭人也死了，那个投海人跟我们一样了。我们不再有主人，不再有鞭子，不再有疼痛屋。一切都结束了。我们喜欢法规，还要遵守法规。可是再也不会有疼痛，不会有主人，不会有鞭子啦。’它们这么说。可是我知道，主人，我知道。”

我在黑暗中摸索着，拍了拍狗人的头。

“很好。”我夸赞了一句。

“你要马上把它们都杀了吗？”狗人问道。

“不久，”我答道，“我会把它们都杀死——我是说过几天，等做完一些事以后。所有兽人，除了你想赦免的，所有兽人都会被杀死。”

“主人想杀谁就杀谁吧。”狗人说道，声调里透出几分满足。

“它们的罪恶会越来越多，”我说道，“由它们去，直到时机成熟。别让它们知道我是主人。”

“遵从主人意愿。”狗人说道，带着狗的机智。

“可是有一个罪人，”我说道，“不管在什么地方遇到它，我都要把它杀掉。如果我对你说，‘就是它。’你一定要扑上去。好吧，现在我要去见见那些聚集在一起的兽人。”

狗人钻出洞口的时候，棚里被它挡得黑了一阵。我也跟着钻了出去，站起身来。这里似乎就是我听到莫罗和他的猎犬追赶我的地方。可现在是黑夜，身边瘴气笼罩的溪谷里漆黑一团，稍远处也不是艳阳高照的山坡，而是一堆红色的火焰，火堆前耸着肩的怪异身影来来往往。再远处是茂密的树林，像一堵黑色的岸堤，顶端树枝交错，宛若花边。月亮刚爬到溪谷的边缘，一抹从岛上火山气孔不断冒出的蒸汽直线上升，横在月亮的脸上。

“跟我并排走。”我边说边给自己鼓劲儿。我们并肩沿着窄窄的小径走去，不去在意窝棚里窥视我们的身影。

火堆旁的兽人没有一个想向我致意，多数装作没看见我。我四下寻找土狼和猪合成人，可它不在这儿。总共二十多个兽人蹲在这里，它们或盯着火光，或相互交谈。

“他死了，他死了，主人死了。”在我右面的猿人说道，“疼痛屋，没有疼痛屋了。”

"他没死，"我大声说道，"即使现在，他也在盯着我们。"

它们大吃一惊，二十多双眼睛盯着我。

"疼痛屋没有了，"我说道，"可它还会回来。你们看不见主人，可是即使是现在，他仍在天上听着你们在说些什么。"

"对的，对的！"狗人喊道。

它们见我说得那样肯定，都踟蹰了起来。动物可能十分凶猛狡猾，但只有真正的人才会说谎不眨眼。

"胳膊扎绷带的人说得好生奇怪。"一个兽人说道。

"我告诉你，事实就是这样，"我说道，"主人和疼痛屋还会回来的，犯法者必咎由自取！"

它们迷惑不解地你看看我，我看看你。我假装漫不经心地用斧头砍着面前的草地。我注意到，它们在看着我在草地上砍出的深痕。萨堤羊人提出了一个疑问，我做了回答；一个身上有花斑点的兽人不以为然；篝火旁的兽人展开了热烈的辩论。我对自己现在的安全越来越有信心。我说话时不再像起初那样因为过度紧张而上气不接下气。大约过了一个小时，有几个兽人对我的说法有些信服了，其他兽人则多数处于将信将疑的状态。

我密切地留意着我的仇敌，那个土狼和猪合成人，可是它却一直没露面。我不时会惊觉到某种可疑的动静，但我的自信心迅速恢复起来。月亮划过中天，我的听众一个个地打起了哈欠（余火的光亮映照出各种古怪异常的牙齿），接着一个个地回溪谷窝棚去了。我害怕寂静和黑暗，也随它们一起走了，因为我知道跟众兽人在一起比单独跟一个兽人在一起要安全些。

我在莫罗博士岛上的长期生活就这样开始了。可是从那天夜里开始到结束岛上的生活，除了一系列不胜枚举的小小的不愉快和心神不宁的持续折磨，只有一件事值得一提。因此我不想像记编年史那样细谈这段时间的琐事，只想讲我与这些半人化兽类为伍的十个月间所发生的最重大事件。我心中有许多想抹也抹不去的记忆，我可以将它们一一写出来，可这些事于故事的讲述无益。回顾起来，我觉得很奇怪，我竟会那么快就适应了兽人的生活方式，而且那么快就恢复了自信。当然，我与它们有过争吵，现在还可以给你们看看被兽人咬过的痕迹，可它们很快服了我扔石头和用斧砍的功夫，而且圣伯纳德狗人的忠诚帮了我很大忙。我发现它们衡量受尊敬的尺度，主要是看有没有能力把别人打出明伤。可以说——希望这不是出于虚荣——我在它们心目中还是颇有地位的。在几次争吵中，有一两个兽人被我伤得很重，它们对我心存怨恨。但它们也就是在我的石头打不到的地方冲我做鬼脸，发泄私愤。

土狼和猪合成人一直躲着我，我对它一直保持警惕。跟我形影不离的狗人对它恨之入骨，也怕得要命。我认为，这也是狗人那么巴结我的一个原因。很快，我弄清楚了：土狼和猪合成人尝过血腥味，像先前的豹人一样。它在森林里造了个窝，独自过活。我曾试着诱使其他兽人去追击它，可是我缺乏让它们为了一个共同的目标拧成一股绳的权威。我好几次想接近它的窝，好趁其不备干掉它，可它太警觉了，总能提前看到我，或者闻到我的气味，然后逃之夭夭。它在树林里藏在什么地方，就能搞个伏击，这让我和我的兽人同盟感到林间小路处处有危险。狗人几乎一步也不敢离开我。

与后来的情形相比，在第一个月结束前后，这些兽人还是显得很有人性的。除了我的狗人朋友之外，还有一两个我也愿意善待。那粉红色的小树懒显得对我十分多情，我走到哪里，它就跟到哪里。可是那猿人让我讨厌，因为它也有五个手指头，它认为我是它的同类，总是叽叽喳喳地跟我说个没完，说的全是连不上茬的胡话。它有一点让我觉得有些可笑：它很会造新词。我猜，它一定认为呜里哇啦说一些跟名字的意义不沾边的词才是真正说话。它称这种行为是“大思想”，以区别于那些“小思想”，就是生活中想法正常的事情。只要我说了一句它听不懂的话，它就大加赞赏，要我重复给它听。它会把这句话背下来，到处去重复给比它愚笨的兽人听，重复的语句里不时夹着一两个错字。它瞧不上那些简单的或者好理解的语句。我专门为它创造了许多古怪的“大思想”。这会儿，我觉得它是我见过的最愚蠢的家伙：它完全保留了猴子自然的憨傻，又充分发展了人类明显的愚蠢特征。

我说过，这一切都是我单独与兽人相处的最初几个星期里的情况。在那段时间里，它们尊重法规所确定的规范，行为总体上还算得体。一次，我发现又有一只兔子被撕成碎片，我敢肯定这是土狼和猪合成人干的，不过，仅此而已。到了 5 月份左右，我发现它们的言行举止开始发生了变化，言语越来越粗俗，越来越不愿意讲话。我的猿人话说得越来越多了，可是能够听得懂的却越来越少了，越来越像猴子。其他兽人呢，虽说它们那时还能听懂我说的话，却几乎都失去了说话能力。它们那些曾经清晰的、准确的、温柔的、闪耀着火花的语言，现在语不成句、言不达意了，又变回了含糊的叫声。这你能想象吗？它们越来越难以直立行走。我不断撞上手脚并用奔跑着的兽人，尽管它们显然是羞于那样做，但它们再也不能直立起来了。它们拿东西的样子越来越笨拙，舔水喝、啃草吃的现象日益普遍。我比任何时候都清楚莫罗对我说过的"顽强的兽性"的含义。它们在退化，迅速地退化。

我惊讶地发现那些早退化的都是母的。一些兽人开始无视规范行为的准则，它们大多是故意的。还有一些竟想在公开场合违反一夫一妻制。法规正在失去传统的约束力。我不想再说这个让人不快的话题。不知不觉中，狗人又变成了一条狗；它渐渐地不讲话了，用四条腿走路，身上也长出了毛。我几乎没注意到身边的伙伴已经变成跟在脚边跑的狗了。兽人越来越不讲究，越来越无法无天。尽管它们住的地方从来不算温馨，但也从没有像现在这般令人作呕。我离开了那个地方，穿过小岛，来到莫罗的营地，在废墟上用树枝搭起一座小屋。我发现，只要兽人对疼痛还有记忆，这个地方就最安全。

我不可能一一细述这些怪物的退化过程，去讲它们的人性怎样一天天地减少；去讲它们怎么样去除绷带，丢掉遮羞布，最终一丝不挂；去讲它们外露的肢体上长满了毛发；去讲它们的前额怎样退化，嘴巴又怎样突出；或者去讲它们半人化的特征变成了可怕的回忆。正是那些半人化的特征使我在独居小岛的第一个月中跟一些兽人交往密切。

变化虽然缓慢但不可逆转，不管是我还是它们对这种变化并没有感到太大的震惊。我仍然可以安全地跟它们接触，因为它们的人性退化是个渐变的过程，中间没有促使兽性突发的急剧变化。可我开始担心，那种突变为时不远了。我的圣伯纳德狗人随我到了营地，有它站岗，我多少还可以平安地睡会儿觉。那粉红色的小树懒对自己的变化羞涩不堪，已离我而去，爬回树丛过它的野生生活去了。我们之间取得了一种微妙的平衡，如同驯兽员展示的“快乐家庭”兽笼，而且这个驯兽员不再去将那些惯于相互残杀的动物分开。当然，这些兽人没有堕落成为读者在动物园里看到的野兽，也没有成为一般的狗熊、狼、虎、公牛、猪和猴子。每个兽人都有其特别的地方。莫罗把不同的动物合二为一，有的兽人可能主要像熊，有的兽人主要像猫科动物，有的兽人可能主要像牛，可是它们当中的任何一个又都带有一些另一种合成动物的特征，特性之中带着兽类的共性。它们正在逐渐削弱的人性残余仍然时不时地显现出来，这让我很惊讶。例如，短时会说话了，前脚突然意想不到地变得灵巧了，使劲直起身子行走了，等等。

我肯定也发生了一些奇怪的变化。我的衣服成了搭在身上的黄色碎布片，破洞处露出晒黑的皮肤。我的头发长得很长，黏结在一起。人们说，直到现在，我的眼睛仍然明亮得出奇，行动快捷而警觉。

起初，白天我在南边的海滩上寻找船影，希望而且祈求会有船出现。一年快过去了，我希望“娃儿藤号”会返回，但它却一直没露面。我看到过五次白帆、三次船烟，可一艘船也没靠近小岛。我总是能及时点燃篝火，可是由于谁都知道这座小岛上有火山，船上的人显然误认为篝火是火山烧起来的。

直到差不多9月或10月，我才开始考虑制作木筏。这时我的胳膊痊愈了，两只手都能干活了。一开始，我惊讶自己怎么这么无能。我这辈子从没做过木工之类的活，我天天在树林里试着砍伐，捆扎。没有绳索，也没有能用来制作绳索的东西。那么多的藤蔓不是太硬，就是太不结实，以我零星的科学知识，没有办法把它们变成可以做绳索的材料。我在营地焦黑的废墟里和烧毁船只的海滩上翻了两个多星期，寻找钉子和能用得上的小铁棍。不时地会有兽人探头探脑地观察我，我冲它一喊，它就跑开了。后来暴雨期来了，雷暴和大雨延缓了我的工作进度，但是木筏最终还是做成了。

我高兴坏了。可是我的许多失败就是因为缺乏实用意识。我乘筏子往海里漂了一英里多，还没等把筏子拖回来，它就散架了。也许这避免了我乘它出远海，不然就淹死了。当时这个失败让我痛苦不堪，我连续好几天在海滩上游荡，盯着海水，并且还想到去死。

但是我还不想死。这时出了一件事，这件事使我认识到，这样一天天地无所事事是愚蠢的，因为每一个明天都蕴藏着来自兽人的更大威胁。我当时躺在营地的墙根底下，看着外面的大海，突然感到一个凉森森的东西碰了一下我的脚跟。我吃惊地回头一看，见是那个粉红色的小树懒正冲我眨眼睛。它早已不会说话，也不会做手势了，它原先长而软的毛发日益变粗，像短树桩般的爪子长得更歪斜了。它见引起了我的注意，冲我呻吟似的叫了一声，向灌木丛走了一段路，就停下来回头望着我。

开始我不明白它是什么意思，不一会儿就意识到它是想让我跟它走。最后我还是跟它去了，但走得很慢，因为那天天气很热。到了树丛，它就爬了进去，攀在藤上荡来荡去，比在地上行走要自如得多。

突然，在一片被踩得乱七八糟的树丛中，我看到了一幅可怕的情景。我的圣伯纳德狗人躺在地上，死了。在它的尸体旁边站着土狼和猪合成人，正用那畸形的爪子撕扯着一颤一颤的狗肉，一边啃着，一边开心地吼叫着。我走近时，那怪物冲我凶恶地瞪着眼睛，它的嘴唇颤抖着往后拉起来，露出鲜血淋淋的牙齿，威胁地咆哮着。它既无恐惧感也无羞耻感，最后一点儿人性已荡然无存。我又往前走了一步，停了下来，掏出了左轮手枪。终于，我们面对面了。

那畜生没有一丝退却的意思。它耳朵后耸，毛发倒竖，身体缩作一团。我瞄准它的眉心，开了枪。与此同时，那家伙猛地一纵身，冲我扑来，我像只九柱戏里的木柱一样被撞倒在地。它用残缺不全的爪子来抓我，朝我的脸就是一下子。它跳过了我的头顶，我被压在它的后半身底下，幸运的是我打中了想打的地方，它跳在空中的时候就已经死了。我从它那脏乎乎的身体下爬出来，哆哆嗦嗦地站起身来，看着它那仍在痉挛的身体。这个威胁总算结束了。但我知道，这只是不断恶化的事态的前奏。

我在柴堆上把两具尸体都焚烧了。这会儿，我的确看清楚了，如果不能离开这座小岛，死只是个迟早的问题。那时候，除了一两个兽人之外，所有兽人都离开了溪谷，按各自的喜好在岛上的密林里另外垒了巢穴。白天，很少有兽人出来活动，它们大都在睡觉，初来乍到的人会以为小岛上人兽皆无；但是到了夜里，它们的号叫声阴森森的，响彻夜空。我有点想把它们全杀光，挖陷阱搞死它们，或者干脆用刀子跟它们拼了。如果弹药充足的话，我会毫不犹豫地开始屠杀。危险的猛兽只剩二十来只，比较凶猛的已经死光了。我最后的一个狗朋友死后，我也基本采取了白天睡觉的做法，以防夜里遭袭击。我在营地里改建了我的窝，把洞口建得很窄，任何东西想进来都会发出相当大的声音。那些野兽也忘记怎么生火了，而且恢复了对火的恐惧。我又重新——差不多是充满激情地——把棍子和树枝钉在一起，制作逃生用的木筏。

我遇到的困难不胜枚举。我的手特别笨，在学校开手工课之前我就辍学了。尽管如此，我用了许多笨拙的办法，走了不少弯路，最后还是满足了木筏制作的大部分要求。这一次我十分注意筏子的承受力，我唯一没有办法克服的困难就是没有装水的器皿。一旦漂泊在人迹罕至的大海里，得有淡水。我甚至想试着制陶，可惜岛上没有泥土。我常常郁闷地在岛上走来走去，不遗余力地想着解决这最后一个难题的办法。有时我烦躁得忍无可忍，就会勃然大怒，把一棵倒霉的树砍得木屑四溅。可是我一点办法也想不出来。

后来，有一天，这是美好的一天，我一整天都沉浸在狂喜的兴奋之中。我见西南边出现了一张白帆，帆很小，像只纵帆船。我立刻点燃了一个大柴堆，然后站在炽热的烈火旁，站在正午火辣辣的太阳下，张望着。我一整天就那样盯着白帆，不吃也不喝，以至头晕目眩。那些野兽从树林里出来，盯着我看了一阵，不解地走开了。夜幕降临，黑暗吞没了仍离我十分遥远的帆影。我又忙活了整整一夜，把火烧得又高又亮。黑暗中，野兽们眼睛闪烁，惊讶不已。黎明时，船离我更近了，我看清楚了，那是一艘小船的肮脏纵帆。盯久了，我的眼睛有些疲惫了，我凝视着小船，不敢相信自己的眼睛。船上有两个人，坐得很低，一个坐在船首，一个坐在舵旁。可那船航行得很怪，船头并没迎着风，而是偏离了航线，船体倾斜着。

天越来越亮了，我向他们挥舞着我衣服上面剩下的最后一块残片，可他们没有注意到我，仍然那样面对面地坐着。我走到岛岬水边，又打手势又呼喊，那边却一点反应也没有。小船继续它漫无目的的航程，慢慢地、慢慢地向海湾漂去。突然，一只大白鸟从船里飞出来，两个人谁也没动，似乎没感觉到有什么动静。大鸟绕了一圈，平展强壮的双翅从我的头顶掠过。

我停止了呼喊，坐在海岬上，双手托着下巴眼巴巴地望着。小船缓缓地、缓缓地驶过小岛，向西漂去。我本想游泳过去，可是一种冷冰冰的、莫名其妙的恐惧感阻止了我。下午退潮的时候，小船在营地废墟以西约一百码的地方搁浅了。

船上的人死了，已经死了很久。我压歪小船的一侧把他们拖出来的时候，尸体都破碎了。其中一人长着乱蓬蓬的红发，像“娃儿藤号”的船长。船底放着一顶白色的帽子。我还站在船边的时候，三个兽人就鬼鬼祟祟地从灌木丛中出来，闻着味向我走来。一阵厌恶袭上心头，我把船推下水，爬了上去。那三个兽人有两个是狼人，它们翕动着鼻翼，眼睛露出凶光；第三个是可怕得没法描述的熊和公牛合成人。

它们向这些腐败的尸体走来，相互吼叫着，牙齿闪闪发亮，这时一股剧烈的恐惧代替了厌恶。我背转过身去，扯起四角帆，向海里划去。我没有勇气回头看。

我躺在小船里，在礁石和小岛之间度过了那个夜晚。第二天上午，我绕到小溪边，将船上的小桶装满了水。随后，我又按捺住急切的心情，采了些野果，躲藏在树丛里，守株待兔，用最后的三发子弹打到了两只兔子。做这一切的时候，为了防止兽人捣乱，我把小船停泊在礁石形成的洞里。

第二十二章

单舟孤旅

那天傍晚，我乘着柔和的西南风，缓慢却稳稳当当地出海了。那座岛越来越小，一缕长长的烟柱衬着火热的夕阳变得越来越细，成了一条细线。我来到大海中间，看不见小岛的黑影了。太阳最后的红光消失了，白昼像闪光的帷幕一样被拉到了一边。我终于看到了被阳光遮掩住的深邃天空，看到了飘忽不定的群星。海，静悄悄的；夜空，静悄悄的。我一个人在这宁静的夜里。

我就这样在海上漂了三天，尽量少吃少喝，回忆着我所遭遇的一切，没存多少重新返回人间的奢望。我身上披着块肮脏的破布片，头发黑乎乎地卷作一团，发现我的人一定以为我是个疯子。

奇怪得很，我并不特别希望返回人群中间，离开那些讨厌的兽人我就很开心了。第三天，一艘从阿皮亚驶往旧金山的方帆双桅船搭救了我。船长和大副都不信我讲述的故事，他们以为我是孤独久了，身处危险之路时间长了，因而疯了。我担心大家都这么看我，就不再对人讲起我的历险，只说从“虚荣女士号”沉没到被搭救这段时间里的事我都记不起来了，这有整整一年的时间。

我不得不尽量小心谨慎，以免被人怀疑我是个精神病人。兽人的法规、那两个死去的水手、怪兽出没的黑暗树丛，还有蔗林中的尸体，这些回忆不时地闯入我的脑海。我感到有点说不通：我回到了人类中间，随之而来的并非我所期待的自信和同情，而是不安和恐惧，这种不安和恐惧比我在岛上经历的还要强烈。没有人相信我说的话，在人们看来我很怪，就像兽人觉得我奇怪一样。也许我从兽人身上学了些野蛮的兽性。

人们说，恐惧是一种病症。不管它是不是，到现在几年过去了，我发现一种惶恐不安的心理在我的心里扎了根，就像一只快被驯化的幼狮所感受到的那种惶恐不安。我的病症非常奇怪。每当遇到男人或者女人，我总觉得他们还是人性尚存的兽人，只是外表被修整得有点人形的动物，他们不久就会退化，显示出这样那样的野兽特征。不过我向一位“怪杰”说出了心中的烦恼，这人认识莫罗，对我的故事好像有点相信。他是一个心理专家，给予了我巨大的帮助。当然我不能奢望小岛给我带来的恐惧会彻底地离我而去，但在大部分时间里，这种恐惧深藏在心底，只是遥远的一团云、一种记忆和微弱的惶惑。可有时，那一小片云彩会蔓延开来，直到遮住整个天空。这时，我就会打量着身边的同胞，陷入恐惧。我看到有些人一脸的机灵聪明，有些人则愚钝或可怕，有些人的表情变幻不定，一脸的不诚实。没有一张脸透着理性灵魂的沉着和尊严。我觉得他们心中的兽性正在涌动，要不了多久，小岛上兽人的沉沦退化就会在更大的范围内重演。我知道这只是个幻觉，而这些看上去像男人和女人的人是真正的人类，而且永远是人类，完全理智的人类。他们充满人类的愿望和温暖的情感，摆脱了本能的束缚，不是荒诞法律的奴隶，与兽人截然不同。可每当看到他们，瞟见他们好奇的目光，听到他们的询问或是接受他们的帮助时，我总是畏缩不前，非常希望能远离他们，独自一人待着。

因此，我住在辽阔的山地牧场附近，一旦恐惧的阴影袭来，我就逃到那里。当时的山地牧场异常空旷，风吹云飘，风光宜人。

我住在伦敦的时候，这种恐惧感简直令我难以忍受。我躲避不开人类，他们的声音会从窗户传进来。门即使上了锁也不堪一击，并不保险。我会走上街头，以克服自己的错觉。在我身后悄悄走着的女人会像猫一样地叫唤；心存邪念、贪婪的男人嫉妒地瞟着我；面无血色的工人咳嗽着从我身旁走过，样子疲惫，脚步匆匆，宛若受了伤、流着血、奔窜逃命的鹿；老年人驼着背，行动迟缓，喃喃自语地走过。谁也没去理睬跟在后面的一群破衣烂衫、嬉笑嘲弄的顽童。随后，我会拐进一座小教堂，即使在这样的地方，我由于心神不宁，也觉得牧师竟像猿人一样吞吐不清地说着什么“大思想”。有时我会走进图书馆，那里的人在聚精会神地看书，像耐心等候猎物的野兽。特别让人恶心的是火车里或者公共马车里人们毫无表情的脸，形如僵尸，一点也不像我的同类，因此我不敢旅行，除非我确信能够单独待在一个车里。甚至我觉得我也不是个正常人，只是一个被奇怪的大脑紊乱症折磨的动物，这种病症使人独自游荡，像一头患了头晕病的羊。

不过，感谢老天，我现在很少有这种心境了。我离开了城市和人群的纷扰，身边是有真知灼见的书籍，它们像生活中明亮的窗户，闪耀着人类思想的光辉。我很少见陌生人，家里的人也不多。白天我读书或做化学实验，无云的夜里我研究天文。尽管我弄不懂怎么会有无限的安宁感和安全感，以及为什么会有，但我觉得它们存在于闪闪的群星里。我想这种安宁感和安全感必然存在于恢宏、永恒的事物法则当中，而在人类的日常烦恼中却难以找寻，人类超出动物因素之外的愿望必须得到安慰，并给以实现的希望。我怀着希望，不然我无法生存下去。

于是，在希望和孤独之中，结束了我的故事。

爱德华 · 普伦狄克

原书注

《莫罗博士的解释》一章包含本故事的主要思想，先前刊登在 1895 年 1 月的《星期六评论》上。这是本故事发表的唯一部分。在本书中，为适应整体故事，这一章完全重写了。在不了解科学的人看来，这些事很离奇，但不可否认的是，无论本书故事在细节上可信度有多少，活体解剖都是能够制造怪物的，甚至制造像人一样的怪物。

H.G. 威尔斯年表

1866 年　9 月 21 日，出生于伦敦肯特郡布罗姆利。

1874 年　进入布罗姆利学院读小学。

1880 年　在温莎一家布店做了一个月的学徒工。

在萨默塞特一所乡村学校担任很短一段时间的小学老师。

1881 年　在米德赫斯特给一名药剂师当学徒。

在米德赫斯特语法学校学习。

在南海镇一个布料市场当学徒。

1883 年　在米德赫斯特语法学校担任小学老师。

拓宽自学范围，开始广泛学习自然科学和政治经济学。

为参加全国理科考试做准备。

1884 年　进入伦敦肯辛顿科学师范学校（皇家科学院的前身）学习，主修由托马斯·赫胥黎授课的生物学和动物学。

1885 年　在夏季考试中获得一等荣誉，再次获得奖学金。

1886 年　很快对主课失去兴趣，而对文学和政治学兴趣倍增。

在威廉·莫里斯家里参加社会主义集会。

撰写有关社会主义的论文并向学校的辩论协会投稿。

创办《科学学派杂志》（*Science Schools Journal*）并担任主编（直至 1887 年 4 月）

1887 年　期末考试地质学不及格，失去奖学金，离开师范学校且未能获得学位。

在北威尔士的霍尔特学院任教。
在一场校内足球比赛中遭到撞击，造成肾破碎和肺出血，被迫从霍尔特学院辞职。
全身心投入写作。

1888 年 在伦敦的亨利豪斯学校任教。
《时空长河中的寻金羊毛者》（*The Chronic Argonauts*）在《科学学派杂志》上连载，这也是《时间机器》（*The Time Machine*）的部分初稿。

1890 年 通过伦敦大学的考试，被授予伦敦大学理学学士学位。
获得生物学一等荣誉和地质学二等荣誉。
被选为动物学协会会员。
被大学函授学院聘为生物学专业学生的助教。

1891 年 第一篇学术论文《独特之物的重新发现》（*The Rediscovery of the Unique*）刊登在《半月评》（*Fortnightly Review*）上。

1893 年 出版《生物学教程》（*Text-Book of Biology*），开始职业记者生涯。
肺出血复发，决定放弃教学工作，专攻写作。
开始在伦敦各类刊物上发表短篇故事、小说、剧评以及各类主题的文章。

1894 年 《国家观察家》（*National Observer*）刊登其七篇连载（3 月至 6 月），后整编为作品《时间机器》。

1895 年 《时间机器》在《新评论》（*New Review*）上连载（1 月至 5 月）。5 月，海尼曼公司（Heinemann）将该书出版发行。
出版短篇小说集《与一位大叔的对话选段》（*Select Conversation with an Uncle*）和《失窃的细菌与其他事件》

（*The Stolen Bacillus and Other Incidents*）以及小说《神奇之旅》（*The Wonderful Visit*）。

1896 年　出版第二部科幻小说《莫罗博士岛》（*The Island of Dr. Moreau*）以及家庭小说《机会之轮》（*The Wheels of Chance*）。

1897 年　与阿诺德·本涅特开始了长达一生的通信。

出版《隐身人》（*The Invisible Man*）、《普拉特纳的故事和其他》（*The Plattner and Others*）、《三十个奇怪的故事》（*Thirty Strange Stories*）、《水晶蛋》（*The Crystal Egg*）、《星》（*The Star*）和《某些个人私事》（*Certain Personal Matters*）。

1898 年　见到亨利·詹姆斯、约瑟夫·康拉德、福特·马多克斯·休弗（后称为福特）以及史蒂芬·克雷恩。

出版《世界大战》（*The War of the Worlds*）。

1899 年　出版《昏睡百年》（*When the Sleeper Wakes*）和《时空传说》（*Tales of Space and Time*）。

1900 年　出版《爱情和鲁雅轩》（*Love and Mr. Lewisham*）。

1901 年　出版《月球上的第一批来客》（*The First Men in the Moon*）和社会学著作《预期》（*Anticipations*）。

1902 年　应邀在皇家科学研究所演讲。

出版小说《海上女王》（*The Sea Lady*）和非小说类作品《发现未来》（*The Discovery of the Future*）。

1903 年　加入社会主义团体费边社。

参加了名为“系数”的讨论组。

与乔治·萧伯纳、西德尼·韦博和碧翠斯·韦博兄妹以及弗农·李成为好友。

出版《十二个故事和一场梦》（*Twelve Stories and a*

Dream）和非小说类作品《制造人类》（*Mankind in the Making*）。

1904 年　出版科幻小说《神食》（*The Food of the Gods and How It Came to Earth*）。

1905 年　出版小说《现代乌托邦》（*A Modern Utopia*）和《基普斯》（*Kipps*）。

1906 年　赴美国巡回演讲，见到西奥多·罗斯福、马克西姆·高尔基和布克·T. 华盛顿。

出版科幻小说《彗星来临》（*In the Days of the Comet*）以及非小说类作品《美国的未来》（*The Future in America*）、《社会主义与家庭》（*Socialism and theFamily*）。

1908 年　与萧伯纳和韦博兄妹产生分歧并因此离开费边社。

出版科幻小说《大空战》（*The War in the Air*）以及非小说类作品《新世界》（*New Worlds for Old*）、《一劳永逸的事物》（*First and Last Things*）。

1909 年　出版小说《托诺·邦盖》（*Tono-Bungay*）、《安·维罗妮卡》（*Ann Veronica*）。

1910 年　出版《波利先生的故事》（*The History of Mr. Polly*）。

1911 年　出版短篇小说集《盲人乡及其他故事》（*The Country of the Blind and Other Stories*）、《墙上之门及其他故事》（*The Door in the Wall and Other Stories*）、小说《新马基雅维利》（*The New Machiavelli*）和非小说类作品《地面游戏》（*Floor Games*）。

1912 年　出版小说《婚姻》（*Marriage*）和非小说类作品《伟大的国家》（*The Great State*）、《威尔斯的伟大思想》（*Great Thoughts From H. G. Wells*）、《威尔斯的思想》（*Thoughts From H. G. Wells*）。

1913 年　出版小说《感情热烈的朋友》(*The Passionate Friends*)和非小说类作品《小型战争》(*Little Wars*)。

1914 年　访问俄国。

出版小说《获得自由的世界》(*The World Set Free*) 和《哈曼先生的妻子》(*The Wife of Sir Isaac Harman*)以及非小说类作品《一个英国人看世界》(*An Englishman Looks at the World*)、《结束战争的战争》(*The War That Will End War*)。

1915 年　出版小说《比尔比》(*Bealby*)、《辉煌的研究》(*The Research Magnificent*)以及非小说类作品《世界的和平》(*The Peace of the World*)、《战争与社会主义》(*The War and Socialism*)。

1916 年　出版以第一次世界大战为主题的小说《布特林先生看穿了它》(*Mr. Britling Sees It Through*)以及非小说类作品《世界将要发生什么？》(*What Is Coming*？)和《重建的要素》(*The Elements of Reconstruction*)。

1917 年　暂短的宗教信仰经历促成了小说《一位主教的心灵》(*The Soul of a Bishop*)和非小说类作品《上帝是看不见的王》(*God the Invisible King*)的出版。

1918 年　受聘于英国信息部，从事战争宣传工作。

加入国际联盟筹建委员会。

出版《第四年：展望世界和平》(*In the Fourth Year: Anticipations of World Peace*)和《英国民族主义与国际联盟》(*British Nationalism and the League of Nations*)。

1919 年　出版小说《不灭的火焰》(*The Undying Fire*)。

1920 年　出访俄国，见到列宁、托洛茨基、高尔基、莫拉·巴德勃格。

出版《阴影下的俄国》（*Russia in the Shadows*）以及广受好评的畅销书《世界史纲》（*Outline of History*）。

1921 年　访问美国，参加在华盛顿召开的世界裁军大会。

出版《新历史教学》（*The New Teaching of History*）。

1922 年　出版《世界简史》（*A Short History of the World*）和《世界史纲》（*Outline of History*）修订版。

出版《华盛顿与和平的希望》（*Washington and the Hope of Peace*）以及小说《心脏的密所》（*The Secret Places of the Heart*）。

加入劳工党，竞选国会议员失败。

1923 年　竞选国会议员再次失败。

出版小说《神秘世界的人》（*Men Like Gods*）和《梦想》（*The Dream*）、非小说类作品《社会主义与科学动机》（*Socialism and the Scientific Motive*）、《劳工的教育理想》（*The Labour Ideal of Education*）以及传记《一个伟大校长的故事》（*The Story of a Great Schoolmaster*）。

1924 年　《大西洋月刊》（*The Atlantic*）出版《威尔斯作品集》（*The Works of H. G. Wells*）。

1925 年　出版小说《克里斯蒂娜·阿尔贝塔的父亲》（*Christina Alberta's Father*）和非小说类作品《世界事务预测》（*Forecast of the World's Affairs*）。

1926 年　与天主教作家希莱尔·贝洛克就《世界史纲》（*Outline of History*）发生争论。

出版小说《威廉·克里索尔德的世界》（*The World of William Clissold*）。

1927 年　出版《威尔斯短篇小说集》（*The Short Stories of H. G. Wells*）以及小说《与此同时》（*Meanwhile*）和非小说类作品《遭到修正的民主》（*Democracy under Revision*）。

1928 年　出版《凯瑟琳·威尔斯之书》（*The Book of Catherine Wells*）。

出版小说《布莱沃锡先生在兰波岛》（*Mr. Blettworthy on Rampole Island*）以及非小说类作品《世界的走向》（*The Way the World is Going*）、《公开的密谋》（*The Open Conspiracy*）。

1929 年　在德国议会发表演讲，演讲内容被整理成《世界和平的共识》（*The Common-Sense of World Peace*）并出版。

出版了电影剧本《曾是国王的国王》（*The King Who Was a King*）和儿童读物《托米历险记》（*The Adventures of Tommy*）。

1930 年　与其儿子 G.P. 威尔斯以及朱利安·赫胥黎共同出版教科书《生命的科学》（*The Science of Life*）。

出版小说《帕尔厄姆先生的独裁》（*The Autocracy of Mr. Parham*）和非小说类作品《通往世界和平之路》（*The Way to World Peace*）。

1932 年　出版小说《伯尔平顿沦落记》（*The Bulpington of Blup*）、教科书《劳动、财富与人类的幸福》（*The Work, Wealth, and Happiness of Mankind*）和非小说类作品《民主之后》（*After Democracy*）。

1933 年　出版《科幻小说集》（*Scientific Romances*），收录了其七部最受欢迎的作品。

出版小说《未来世界》（*The Shape of Things to Come*）。

担任国际笔会主席。

1934 年　出访苏联和美国，见到约瑟夫·斯大林和富兰克林·罗斯福。

出版《威尔斯自传》（*Experiment in Autobiography*）。

1935 年　与导演亚历山大·柯达合作，制作电影版《未来世界》（*The Shape of Things to Come*），1936 年以《笃定发生》（*Things to Come*）之名发行上映。

1936 年　出版非小说类作品《剖析挫折》（*The Anatomy of Frustration*）和《世界百科全书的设想》（*The Idea of a World Encyclopedia*），小说《槌球手》（*The Croquet Player*）和剧本《创造奇迹的人》（*The Man Who Could Work Miracles*）。

1937 年　担任英国科学促进会 L 分会主席。
出版小说《新人来自火星》（*Star Begotten*）、《布林希尔德》（*Brynhild*）、《剑津之旅》（*The Camford Visitation*）。

1938 年　出版小说《兄弟》（*The Brothers*）、《关于多洛雷斯》（*Apropos of Dolores*）和非小说类作品《世界的大脑》（*World Brain*）。
开始澳大利亚巡回演讲之旅。

1939 年　出版小说《神圣的恐惧》（*The Holy Terror*）和非小说类作品《一位共和激进分子的寻找激流之旅》（*Travels of a Republican Radical in Search of Hot Water*）、《人类的命运》（*The Fate of Homo Sapiens*）、《新世界秩序》（*The New World Order*）。

1940 年　赴美进行巡回演讲。
出版非小说类作品《人的权利》（*The Rights of Man*）、《战争与和平的共识》（*The Common Sense of War and Peace*）、《两个半球还是一个世界？》（*Two Hemispheres or One World?*），以及小说《黑暗树林中的婴孩》（*Babes in the Darkling Wood*）、《驶向阿勒山》（*All Aboard for Ararat*）。

1941 年　出版最后一部小说《小心驶得万年船》（*You Can't Be Too Careful*）以及另一部作品《新世界指南》（*Guide to the New World*）。

1942 年　出版《科学与世界思想》（*Science and the World Mind*）、《征服时间》（*The Conquest of Time*）和《菲尼克斯》（*Phoenix*）。

发表题为《论幻觉在高等后生动物个体生命延续中的特质——兼论智人类》（*On the Quality of Illusion in the Continuity of Individual Life in the Higher Metazoa, with Particular Reference to the Species Homo Sapiens*）的动物学博士论文。

1943 年　被授予博士学位。

出版《克鲁克斯·安萨塔》（*Crux Ansata*）。

1944 年　出版 1942—1944 年的论文集。

1945 年　出版最后两部书《穷途末路的心灵》（*Mind at the End of Its Tether*）和《快乐的转折》（*The Happy Turning*）。

1946 年　8 月 13 日，在伦敦的家中去世。